페스트

MINI BOOK
CLOUD
LIBRARY
13

페스트
-2-

La Peste
Prix Nobel
Lauréat de
de
littérature

알베르 카뮈 지음
안영준 옮김

생각뿔

제3부

La Peste

Prix Nobel
de
littérature

페스트의 포로들은 그렇게 저마다의 방식으로 이 상황을 벗어나기 위해 최선을 다했다. 그들 중 몇몇은 랑베르처럼 자유인인 양 행동하며 아직도 자신은 미래를 선택할 수 있다고 믿었다. 그러나 8월 중순, 페스트는 오랑을 싹 쓸어 덮쳤다. 인간의 개별성은 존재하지 않았다. 페스트라는 거대한 사건과 집단 감정만이 공유되었다. 특히 이별과 격리, 이 두 가지 감정이 극심했다. 이 감정에는 분노와 공포가 담겨 있었다. 그런 이유로 더위와 질병이 절정을 달했던 당시의 전반적인 상황을 기술하는 것이 적절할 것 같다. 살아 있는 자들의 폭력성, 사망자를 매장하는 방식, 이별한 연인들의 슬픔 같은 것들.

그해 중반, 페스트가 창궐한 도시에 며칠 동안 거센 바람이 불었다. 오랑이 세워진 도시는 자연적 장애물이 없어 강풍이 부는 날이면 여과 없이 그것은 거리를 강타했다. 그래서 오랑 사람들은 바람을 두려워했다. 몇 달 동안 단 한 방울의 비도 내리지 않은 도시는 뿌연 먼지로 뒤덮였고, 바람이 불기라도 하면 희뿌연 먼지는 비듬처럼 날렸다. 먼지와 광고지들이 바람을 타고 파도처럼 일어나 전보다 줄어든 산책자들의 다리를 후려쳤다. 그들은 몸을 숙이고 손수건이나 손으로 호흡기를 막은 채 걸음을 재촉했다. 저녁에는 생의 마지막일 수도 있는 하루를 최대한 연장하기 위해 산책로에 모이지 않고, 각자 집이나 카페로 가기 위해 서둘렀다. 그즈음에는 낮이 짧아졌는데, 며칠 동안 황혼 녘이면 인적 없는 거리에는 바람만이 공허한 신음을 쏟아 냈다. 높게 너울지는 바다에서는 해초와 소금 냄새가 올라왔다. 바람 소리만이 비명처럼 울리는 가운데, 뿌옇게 먼지를 뒤집어쓴 채 바다 냄새에 절어 버린 이인적 없는 도시는 저주에 걸린 섬처럼 신음하고 있었다.

당시만 해도 페스트 희생자는 인구 밀도가 낮은 변두리 지역에서 더 많이 발생했다. 그런데 갑자기 페스트가 바싹 다가와 상업 지역에도 똬리를 틀었다. 주민들은 전염병의 씨앗이 바람을 타고 옮겨 붙는다며 원망하듯 말했다. 호텔 지배인은 '바람이 카드를 뒤섞는다.'라고 표현했다. 여하튼 중심가 사람들도 구급차 사이렌 소리가 근방에서 점점 더 빈번하게 들려오자, 자신들도 페스트의 음울하고 편견 없는 호출을 받을 차례가 되었음을 직감했다.

심지어 피해가 극심한 시내 지역에서는 직무상 불가피한 사람 외에 출입이 통제되었다. 해당 지역에 살던 사람은 그들을 표적으로 삼은 가혹한 학대라고 생각했고, 다른 지역 사람들은 자기들보다 모두 자유로워 보였다. 반면 다른 지역 사람들은 자기들보다 자유롭지 못한 이들이 있다는 생각에 위안을 받았다. 당시 품을 수 있는 희망은 '나보다 자유롭지 못한 사람도 있다.'라는 사실이었다.

거의 같은 시기, 도시에서는 방화 사건이 자주 발생했다. 특히 시의 서쪽 출입문 휴양지 근처가 가장 빈번했다. 조사해 본 결과, 격리 시설에서 돌아온 사람들이 자신들에게 닥친 불행과 가장 가까운 사람을 잃은 슬픔에 이성을 잃고 페스트를 몰아내기 위해 그만 자신들 집에 불을 지르는 것으로 드러났다. 빈도가 너무 잦아 방화를 선제 대응하기는 쉽지 않았다. 거센 바람 탓에 지역 전체가 화재 위험에 노출되었다. 당국이 전염 가능성을 미연에 방지하기 위해 환자들 거주지를 소독하고 있다고 수차례 설명했지만 모두 헛수고였다. 결국 방화시 극형에 처한다는 법령을 공포했다. 그런데 그 가엾은 사람들이 방화를 중단하게 된 것은 감옥에 가게 되기 때문이 아니었다. 다름 아닌 감옥에서 페스트로 말미암은 사망자 수가 높게 집계되고 있었기 때문에, 징역형은 곧 사형이라고 사람들은 확신했다. 물론 근거 없는 믿음은 아니었다. 당연한 이야기일 테지만, 페스트는 군인이나 수도승 혹은 죄수처럼 단체 생활을 하는 사람들에게 특히 빨리 퍼지기 마련이다. 수감자들은 완전히 격리 상태에 있지만, 감옥 역시 하나의 공동체다. 그 사실은 죄수뿐 아니라 교도관 역시 페스트로 많이 죽었다는 것을 통해 분명히 알 수 있다. 고차원적 관점에서 보면 교도소장에서부터 말단 죄수까지 신분을 막론하고 유죄를 선고받은 것이다. 어쩌면 교도소에서 처음으로 절대적인 정의가 구현된 셈이다.

당국은 공무 수행 중 순직한 교도관들에게 훈장을 수여해 평등한 세계에 위계질서를 잡으려고 했지만 모두 허사였다. 계엄령이 선포된 상태였고, 교도관들은 군에서 동원된 것이나 마찬가지였으므로 이들에게는 사후 무공 훈장이 수여되었다. 죄수들은 어떠한 항의도 하지 않았지만, 군 관계자들은 이런 상황을 달게 보지 않았고, 대중에게 혼동을 일으킬 수 있다는 상식적인 지적이 제기되었다. 당국에서는 그들의 주장이 정당하다고 인정했고, 그래서 순직한 교도관들에게 방역 표창장을 수여하는 것이 낫겠다고 판단했다. 그러나 이미 받은 사람들에게까지 훈장을 회수하는 것은 곤란한 듯했고, 군 관계자들은 계속해서 주장을 고집했다. 한편 방역 표창장은 전염병이 유행하는 시기라면 너 나 할 것 없이 받기 마련이어서 무공 훈장을 수여하는 만큼의 사기가 진작되는 효과는 볼 수 없었다. 한마디로 모두가 불만이었다.

게다가 교도소 당국은 종교계나 군 당국처럼 페스트에 대처할 수도 없었다. 도시에는 수도원이 단 두 개 있었는데, 그곳 수도자들은 독실한 가정에 뿔뿔이 흩어져 임시로 머물고 있었다. 군 당국에서는 사정이 허락되면 부대원들을 병영에서 분리해 소규모로 학교나 공공건물에 주둔시켰다. 페스트는 얼핏 보면 포위를 당한 사람들 간의 연대 의식을 불러일으키는 것 같았으나, 실은 전통적인 조직을 산산조각 내고 사람들을 저마다의 고독 속으로 내몰아 버렸다. 이는 혼란을 초래했다.

바람이 거세게 부는 데다 이런 상황까지 겹치니 사람들의 머릿속에도 불이 옮겨 붙는 것 같았다. 이번에는 소규모 무장 조직이 밤사이에 도시 출입문을 여러 차례 공격했다. 총격전이 벌어진 탓에 부상자가 속출했지만, 탈출에 성공하는 사례가 생기기도 했다. 그러자 경비 초소가 강화되었고, 탈출 시도는 곧 사그라졌다. 그러나 이 시도가 일어났다는 사실만으로 도시에는 혁명 분위기가 감돌아 폭력 사태가 몇 번 더 일어났다. 화재 혹은 보건상의 이유로 폐쇄된 집들이 약탈을 당하기도 했다. 이들은 사전 모의를 통해 실행에 옮긴 것 같지는 않았다. 지금껏 점잖게 살아온 사람들이 돌발 사태가 벌어지자 선두에 서서 비난받을 짓을 했고, 그들의 행위를 다른 사람들이 모방하기 시작했다. 망연자실한 집주인이 넋을 놓고 있으면, 훨훨 불타고 있는 집으로 미치광이처럼 뛰어 들어가는 자들도 있었다. 이를 집주인이 내버려 두자 구경꾼들도 그들을 따라 불타는 집으로 뛰어들었고, 어두운 거리에는 어깨에 짊어진 가구 혹은 제품을 든 사람들의 그림자가 뿔뿔이 도망가는 모습이 점점 꺼져 가는 불빛에 일렁였다. 일련의 사건들로 말미암아 당국은 페스트령을 계엄령과 동일시하고 그에 따르는 법률을 적용했다. 절도범 두 명이 총살되었지만, 그 일이 다른 사람들에게 충격을 주었는지는 알 수 없다. 사망자가 이토록 많은 상황에서 고작 사형 집행 두 건은 물방울 하나가 바다에 떨어지듯 티도 나지 않는 일이었다. 이와 유사한 일들이 빈번히 발생했지만, 이제 당국은 개입할 엄두도 내지 못했다. 모든 사람에게 충격을 준 유일한 조치는 야간 통행금지령이었다. 밤 11시부터 도시는 완전히 캄캄해져 돌처럼 변했다.

달빛이 가득한 밤하늘 아래 하얀 벽들과 곧게 뻗은 길이 늘어서 있는 도시에는 나무 그림자 하나 보이지 않았다. 산책하는 이의 발걸음 소리도, 개 짖는 소리 하나도 들리지 않았다. 적막한 침묵에 빠진 도시는 생명력을 잃은 정육면체 덩어리에 불과했다. 이 도시에서는 이제 오래전부터 사람들의 기억 속에서 멀어진 위인이나 자선가들만이 조각이나 인물화 같은 가짜 얼굴을 가지고 한때 존재하는 듯했지만, 이제는 한때 인간의 품위를 가지고 있었던 모습을 드러내기 위해 애쓰고 있을 뿐이었다.

무거운 하늘 아래, 그 볼품없는 우상들은 생명력이 거세된 교차로마다 군림해 있었다. 그 야만적이고 무심한 우상들은 우리가 처한 부동의 지배, 그 지배가 의미하는 궁극의 질서, 즉 페스트와 돌과 어둠이 마침내 침묵하게 만든 지하 묘지의 질서를 여실히 드러내고 있었다.

어둠은 사람들 가슴속에도 있었다. 매장에 관한 전설과 사실도 사람들의 불안을 달래지 못했다. 매장에 대한 이야기를 하지 않고 지나갈 수 없어 화자는 미안할 따름이다. 이 점에 관해서는 비난받을 소지가 충분히 있다고 판단하지만, 그 기간 내내 매장이 끊이지 않았고, 사람들과 마찬가지로 화자도 어떤 의미에서는 매장 문제를 염려할 수밖에 없었다는 점을 말해 두고 싶다. 어쨌든 그런 의식에 취미가 있어서 서술하는 것은 아니라는 점을 알아 주기를 바란다. 오히려 화자는 살아 있는 사람들과의 교류, 이를테면 해수욕을 더 좋아한다. 그러나 해수욕은 금지되었고, 산 사람들은 이 세계를 죽은 자들에게 내줘야 할 것 같아 온종일 전전긍긍했다. 사실이었다.

물론 보지 않으려고 애써 눈을 가릴 수 있었겠지만, 명백해진 사실은 피할 수 없는 무서운 힘을 가지고, 결국 모든 것을 집어삼킨다. 예를 들어 사랑하는 사람을 매장해야 하는 날, 우리는 무슨 수로 이를 거부할 수 있겠는가.

전염병 초기에 장례식은 신속하게 진행되었다. 형식은 간소화되었고 대부분의 의식은 생략했다. 환자들은 가족과 떨어진 곳에서 죽었고, 가족들이 밤을 새우는 의례도 금지되었다. 저녁에 임종한 환자는 송장이 된 채 홀로 밤을 보냈고, 낮에 죽은 환자는 즉시 매장되었다. 물론 가족에게 통보는 했지만, 가족이 고인과 함께 지내면 예방 차원에서 격리 조치가 되었기 때문에 대개 장례식조차 참석할 수 없었다. 가족이 고인과 함께 살지 않았다면, 염이 끝나고 입관된 시신을 묘지로 운구하는 지정된 시각에나 참석할 수 있었다.

리외가 담당하던 임시 병원에서 이런 절차들이 이루어졌다고 가정하자. 본래 학교였던 건물 본관 뒤에는 문이 하나 있었다. 복도 쪽에 있는 큰 창고에는 관들이 가득 차 있었다. 가족들은 이미 뚜껑이 닫힌 채 복도에 놓인 관구(棺柩)만을 볼 수 있었다. 이어 서류에 가족 대표의 서명을 받는 가장 중요한 의식이 행해졌다. 서명을 받으면 시신을 운구차에 싣는데 이는 덮개가 있는 화물차일 때도 있고, 개조한 대형 구급차일 때도 있었다. 가족들이 아직 운행 중인 택시에 오르면,

차들은 묘지를 향해 외곽 도로를 전속력으로 달린다. 묘지 입구에서는 헌병이 차를 세우고 통행 서류에다 고무도장을 찍은 후에야 뒤로 물러선다. 공식적인 통과 서류 없이는 흔히 마지막 안식처도 구할 수 없었다. 검문소를 통과한 차량은 네모난 터에 도착한다. 그 터에는 수많은 구덩이가 메워지길 기다리고 있다. 성당에서 장례식을 치르는 것이 금지되었기 때문에, 그곳에서 신부가 시신을 맞이한다. 기도를 올리는 동안 운구차에서 관을 꺼낸다. 관을 밧줄로 감아 구덩이에 내려놓으면 신부가 성수를 뿌린다. 그사이 누군가 흙 한 줌을 관 위로 뿌린다. 구급차는 소독약을 살포해야 해서 조금 전 그곳을 떠났고, 삽으로 흙을 퍼서 뿌리는 소리가 점점 무뎌진다. 가족들은 서둘러 택시에 몸을 싣는다. 15분 후면 그들은 집에 돌아가 있다.

이렇듯 모든 의식은 위험을 최소화하는 방식으로 신속하게 진행되었다. 따라서 유가족들은 애도의 시간을 훼손당한 느낌마저 들었다. 하지만 페스트가 유행하는 시기에 그런 인간적인 감정은 사치였다. 감정보다 효율성이 우선시되었다. 심지어 초기에는 격식을 갖춰 땅에 묻고 싶다는 생각이 팽배했다. 그러나 얼마 지나지 않아 식량 보급 문제가 심각해지자, 사람들의 관심사는 당장 눈앞의 생존으로 쏠렸다. 먹기 위해서는 서류를 작성하고, 절차를 밟고, 줄을 서야 했다. 사람들은 주변 사람들이 어떻게 죽어 가는지, 앞으로 자기들은 어떻게 죽을지 다른 것을 생각할 겨를이 없었다. 그 결과 고통스럽게 느껴져야 할 물질적 어려움이 나중에는 오히려 다행이라고 여겨졌다. 물론 전염병이 그토록 널리 퍼지지 않았다면, 그런대로 무난한 삶을 살았을 것이다.

당시 관은 더 귀해지고, 수의를 만들 옷감과 공동묘지 자리도 부족했다. 수를 써야 했다. 가장 효율적인 방법은 합동 장례를 치르고, 필요한 경우 병원과 공동묘지를 오가는 횟수를 늘리는 것이었다. 당시 리외의 병원은 관을 다섯 개 보유하고 있었다. 일단 관이 다 차면 구급차가 이를 옮겼다. 공동묘지에 도착하면 관을 비우고 납빛 시신들은 들것에 실린 채, 용도를 개조한 헛간에서 매장될 차례를 기다렸다. 비워진 관은 소독 후 병원으로 가져왔다. 이 과정이 계속 반복되었다. 일이 조직적으로 잘 진행되자, 도지사는 만족스러운 표정을 지었다. 심지어 그는 페스트에 관해 기록한 옛 문헌을 보면 흑인들이 시체를 운반하기 위해 수레를 끌었다고 하는데, 그보다야 훨씬 나은 것 아니냐고 리외에게 말했다.

"네." 리외는 말했다. "결국 땅에 묻히는 건 똑같지만 그래도 사망자 명단을 작성하고 있으니까 확실히 그때보다는 낫겠지요."

행정적으로는 성공했을지 모르지만, 장례 절차상 불쾌함

을 주는 요소 때문에 도청은 장례 과정에서 가족들의 참여를 배제했다. 가족들은 공동묘지 정문까지만 올 수 있었고, 이 역시 공식적인 허용은 아니었다. 왜냐하면 절차상 마지막 의식과 관련해 사정이 약간 달라졌기 때문이다. 묘지 안쪽 향나무들로 가려져 있는 공터에 커다랗게 파 놓은 두 개의 구덩이가 있었다. 하나는 남자용, 하나는 여자용이었다. 이런 점에서 당국은 예법을 중요시했다. 그러나 시간이 더 흐른 뒤 사정이 어쩔 수 없게 되자 이와 같은 마지막 수치심마저 포기했다. 체면을 버리고 남녀를 뒤섞어 묻기 시작했다. 그나마 다행스러운 것은 이런 극도의 혼란이 재앙의 막바지 동안에만 나타났다는 것이다. 이 시기에는 구덩이가 남녀로 구별되어 있었고, 도청에서는 그 점을 크게 신경 썼다. 구덩이 밑바닥마다 엄청난 양의 산화칼슘이 연기를 피워 대며 부글부글 끓었다. 구덩이 가장자리에도 산화칼슘이 산더미처럼 쌓여 있었다. 산화칼슘에서 발생하는 거품이 허공에서 터졌다. 구급차가 시신을 운구하면 들것으로 줄을 지어 옮긴 뒤, 실오라기 하나 걸치지 않고 뒤틀려 있는 시신들을 구덩이 안으로 쏟아부었다. 나란히 늘어선 시신 위로 산화칼슘을 뿌리면, 다음 시신을 위해 일정한 높이까지만 흙을 덮었다. 이튿날 장부에 서명을 받기 위해 가족들을 불렀는데, 이런 점이 사람과 개의 차이라면 차이였다. 인간의 죽음은 관리가 가능했던 것이다.

이런 모든 작업에는 사람이 필요했고, 인력은 언제나 빠듯했다. 간호사와 무덤 파는 인부들마저 페스트로 죽었기 때문이다. 처음에는 공식적으로, 나중에는 주먹구구식으로 채용이 이루어졌고, 아무리 조심해도 언젠가는 전염이 되었다. 곰곰이 생각해 보면 신기하고 놀라운 일은 전염병이 유행하는 동안 그 일을 할 인력이 늘 채워졌다는 것이다. 위험한 시기는 페스트가 절정에 다다랐을 때다. 당시 의사 이외는 매우 불안에 떨었다. 관리직이든 소위 잡부든 인력이 부족했기 때문이다. 그러나 페스트가 도시를 점령한 다음부터 매우 편리한 상황이 연출되었다. 페스트 때문에 경제 활동이 중단되었고, 엄청난 실업자가 발생한 것이다. 실업자들로 관리직을 충원할 수는 없었지만, 막일꾼은 그렇지 않았다. 그 시기부터 사람들은 가난이 공포보다 더 위력적이라는 사실을 매일 목도했다. 생명을 담보로 하는 일일수록 위험 수당이 지급된다는 점에서 더욱 그랬다. 보건과에서는 취업 희망자 명단을 확보해 놓고 결원이 생기면 선착순으로 충원하는 식이었는데, 그 사이 변고가 생긴 것이 아니라면 이들은 어김없이 충원 통고에 응했다. 도지사는 유기수든 무기수든 복역 중인 죄수를 동원해야 하나 오랫동안 망설였는데, 실업자들 덕분에 버틸 수 있었다.

이럭저럭 8월 말까지, 정통적 예법을 모두 지키지는 않아도 행정 당국이 소임을 다하고 있다고 생각할 만큼 사망자는 질서정연하게 매장되었다. 최후의 수단을 쓸 수밖에 없었다는 이야기를 하기 전, 연이어 발생한 사건들을 서둘러 언급할 필요가 있겠다. 8월에는 페스트 희생자 수가 늘지 않고, 한동안 안정기에 접어든 것 같았으나 누적된 희생자는 공동묘지가 수용할 수 있는 범위를 초과했다. 공동묘지 부지를 넓히기 위해 담을 허물어 봤지만 헛수고였기에 하루빨리 다른 묘수를 찾아야만 했다. 우선 매장을 밤에 하기로 하자, 몇 가지 사항을 고려하지 않아도 되었다. 구급차에도 시체를 점점 더 많이 쌓을 수 있었다. 변두리 지역에서 규칙을 위반하고 밤늦게 소등된 거리를 산책하는 사람이나 직업상 밖으로 나온 사람들은 종종 길쭉한 흰색 구급차들을 만나곤 했다. 구급차는 작은 소리로 사이렌을 울리며 후미진 밤거리를 전속력으로 달렸다. 시신들은 점점 더 깊게 판 구덩이에 서둘러 던져졌다. 삽으로 퍼 담은 산화칼슘이 시신들의 얼굴 위에서 으깨겼고, 누군들 무슨 상관이냐는 듯 아무렇게나 흙을 덮었다.

하지만 얼마 지나지 않아 다른 장소를 찾아 한층 더 넓은 터를 물색해야 했다. 도지사령에 따라 영구 임대 묘지의 소유권을 확보했고, 그곳에서 발굴된 유골들을 모두 화장터로 보냈다. 곧 페스트 희생자들조차 화장터로 보내야 했다. 따라서 도시 동쪽, 그것도 도시 진입 문 바깥에 있는 옛 화장터를 이

용해야 했다. 경비 초소도 더 먼 곳으로 이동시켰다. 시청 직원 한 명이 바닷가를 따라 운행하던 전차를 다시 가동하자고 제안해 일은 훨씬 더 수월해졌다. 이를 위해 기관차는 물론이고 여객차의 좌석을 들어내 내부를 개조하고, 선로를 화장터의 소각장까지 연결했다. 전차의 기점이 화장터가 된 것이다.

사람들은 늦여름부터 가을철 장마가 오던 시기까지, 야심한 시각에 승객도 없이 해안선을 따라 덜컹거리며 달리는 기이한 전차의 행렬을 볼 수 있었다. 마침내 오랑 사람들도 전차의 행렬이 무엇인지 알게 되었다. 절벽에 접근할 수 없도록 순찰을 강화했지만, 사람들은 바다 쪽으로 불쑥 튀어나온 바위 위로 슬그머니 기어올라 전차가 지나갈 때 객차 안으로 꽃을 던지곤 했다. 그리하여 여름밤 꽃과 시체를 싣고 더 구슬프게 삐걱거리는 열차 소리가 들려왔다.

소각이 시작되고 처음 며칠간 아침마다 악취를 풍기는 짙은 연기가 도시 동쪽 구역 위를 떠돌았다. 의사들이 연기는 불쾌하지만 유해하지 않다고 입을 모았다. 그러나 그 지역 사람들은 하늘로 올라간 페스트균이 자신들 머리 위로 떨어질 것이라며 동네를 떠나겠다고 시위했다. 복잡한 배관으로 연기를 다른 곳으로 돌리고 나서야 주민들의 항의는 누그러졌다. 다만 바람이 세게 부는 날에는 동쪽에 희미하게나마 냄새가 풍겼다. 그 냄새는 그들이 페스트라는 새로운 질서 안에 있으며, 새로운 질서는 매일 저녁 그들이 바치는 공물을 탐욕스럽게 집어삼키고 있음을 상기시켰다.

이것이 전염병이 가져온 극단적인 결과였다. 그러나 전염병이 그 이후 기승을 부리지 않은 건 천만다행이라 할 수 있다. 희생자 수가 계속 증가했다면 각 기관의 기민한 대응이나 도청의 조치마저 속수무책이었을 것이다. 어쩌면 화장터조차 수용의 한계를 맞이해 시신을 바다에 버리는 상황이 벌어졌을 것이다. 리외는 이런 절망적인 방법까지 당국이 고려했다는 사실을 알고 있었다. 그는 시체에서 나오는 거품이 파란 바닷물 위에 떠다니는 끔찍한 광경을 상상했다. 그는 사망자 수가 계속해서 늘어난다면 제아무리 훌륭한 조직이라도 버텨 내지 못할 것이며, 행정 당국의 노력에도 시체가 길거리에 산더미처럼 쌓여 썩어 가거나, 죽어 가는 사람들이 공공장소로 나와 정당한 증오심과 어리석은 희망이 뒤섞인 심정으로 살아 있는 사람들을 붙잡고 매달리는 광경을 도시 전체가 보게 되리라는 것도 알고 있었다.

오랑 사람들은 자신들이 세상으로부터 격리되었으며, 이별에 처했다는 감정에 휩싸였다. 유감스러운 것은 이 연대기에서는 으레 옛날이야기에서 볼 수 있는 용기를 북돋는 영웅이나 누군가의 눈부신 활약 같은 것을 찾아볼 수 없다는 것이다. 재앙만큼 하찮은 것도 없고, 엄청난 불행은 오래 반복되기 때문에 지루하다. 페스트를 경험한 사람들은 불행이 점령한 끔찍한 나날들을 모두 다 집어삼켜 버릴 듯한 화산 같은 기억이 아니라, 발밑의 모든 것을 반복해서 짓밟는 제자리걸음 상태로 기억했다.

페스트는 전염병 유행 초기 의사 리외가 생각했던 극적인 이미지와는 차이가 있었다. 페스트는 신중하고 순조로우며 완전무결한 행정이었다. 말이 나왔으니 하는 말이지만, 화자는 그 무엇도 왜곡하지 않기 위해, 특히 자기 자신을 배반하지 않기 위해 서술의 객관성을 유지하고 있다. 맥락상 필요한 경우를 제외하고는 예술적 효과를 내기 위한 어떠한 시도도 하지 않았다. 당시의 극심한 고통, 가장 깊고 보편적인 고통은 이별이었다. 이별의 고통에 대해 더 상세한 서술이 필요하겠지만, 객관적으로 볼 때 이제 그 고통은 사람들에게 비장한 만큼의 감정은 아니었다.

적어도 이별로 가장 고통받았던 사람들은 그런 상황에 익숙해졌을까? 그렇지 않다. 그들은 육체적인 것은 물론, 정신적으로도 피폐해졌다. 페스트 초기 단계에 그들은 상실한 사람을 생생하게 기억하며 그리워했다. 사랑하는 사람의 얼굴과 미소 혹은 그 사람이 행복해했던 날 같은 것들은 분명하게 떠올렸다. 하지만 죽어서 당도한 먼 곳에서 소중한 이가 무엇을 하고 있을지 상상하는 일은 어려웠다. 결론적으로 그들은 당시 기억력은 있었지만, 상상력은 부족했다. 페스트가 두 번째 단계로 접어들자 기억조차 희미해졌다. 비슷한 얘기겠지만, 사랑하는 이의 얼굴을 까먹었기 때문이 아니라, 그 얼굴들에 살이 없어져 버려 마음속에서 이를 알아볼 수 없게 된 것이다. 페스트 초기 몇 주 동안은 환영(幻影)만 상대한다는 괴로움이 컸지만, 그 후 추억이 그들에게 남긴 색깔마저 퇴색하자 그들은 환영 역시 수척해질 수 있다는 사실을 알게 되었다. 기나긴 이별을 겪자 그들은 전에 가졌던 친밀함을 더는 상상하지 못했고, 언제라도 손을 뻗을 수 있던 한 존재가 자신들 곁에서 어떻게 살았는지조차 생각나지 않았다.

그들은 보잘것없지만 효율적인 페스트의 질서 속에 한층 깊이 들어간 셈이었다. 도시의 누구도 더는 숭고한 감정을 느끼지 못했다. 사람들은 하나같이 단조로운 감정만 품으며 "이제 끝날 때가 됐는데……."라고 읊조렸을 뿐이다. 재앙이 하루빨리 끝나기를 바랐기 때문이다. 초기의 열정이나 격앙된 감정이 거세된 초라한 바람에는 이성적인 몇 가지 이유만 담겼다. 초기 몇 주의 흥분감이 가시자 이내 좌절감이 뒤따랐지만, 이는 현상에 대한 일시적인 동의였을 뿐 영원한 체념은 아니었다.

사람들은 순종했다. 다시 말해 적응했다. 다른 방도가 없었다. 물론 불행과 고통은 남아 있었지만, 그것을 특별하게 생각하지는 않았다. 리외는 그것을 불행이라고 여겼다. 습관이 되어 버린 절망, 그것은 절망 그 자체보다 나빴다. 페스트 초기에는 이별 상태에 빠져도 그들은 불행하지 않았다. 그들의 고통에는 어떤 불씨가 남아 있었다. 그러나 이제 그 불꽃은 꺼졌다. 사람들은 길모퉁이나 카페, 친구 집에서 평온하면서도 무심한 표정을 짓고 있었다. 그들의 권태로운 눈빛 덕분에 도시 전체가 마치 대합실 같았다. 직업이 있는 사람들은 페스트와 보조를 맞춰 꼼꼼하게 일했지만 생기가 전혀 없었다. 너 나 할 것 없이 겸손해졌다. 생이별한 사람들은 이제 곁에 없는 사람을 이야기하는 데 쉽게 주저하지 않았고, 심지어 다른 사람을 얘기하듯 말했다. 자신들의 이별을 전염병 통계 수치와 연결했다. 전에는 자신들의 불행을 공동체의 운명과 분리해 생각했지만, 이제 개인과 집단을 함께 놓고 보기 시작했다. 그들은 기억도 희망도 없이 현재에 있었다. 사실 그들에게 모든 것은 현재로 수렴되었다. 분명한 것은 페스트가 사랑을 나눌 힘, 심지어 우정을 나눌 힘을 앗아 간다는 사실이다. 사랑에는 미래가 요구되는데, 오랑에는 순간만 존재했다.

물론 이는 절대적인 현상은 아니다. 왜냐하면 헤어진 이들 모두 그런 상태가 된 것은 사실이지만, 동시다발적으로 그렇게 된 것은 아니기 때문이다. 또 새로운 생활 방식에 익숙해질 무렵 옛 기억이 섬광처럼 떠올라 고통이 시작되기도 했다.

그러한 각성 상태가 되면 그들은 현실을 잠시 잊고 페스트가 사라지기라도 한 것처럼 미래의 계획을 세우기도 했다. 그런 상태가 되면 은총이라도 받은 듯 대상 없는 질투심에 사로잡혀 고통스러워했다. 어떤 사람들의 경우에는 때를 가리지 않고 예기치 않은 기억이 되살아나 무기력으로부터 해방되었다. 지금은 곁에 없지만, 함께했던 사람과의 시절을 어떤 종교 의식 같은 것에 온전히 바쳤기 때문이다. 또 하루가 저물어 갈 무렵 그들은 우수에 차 옛 기억이 되살아날 것 같은 느낌에 사로잡혔지만, 그것이 항상 일어나는 것은 아니었다. 신자들에게 저녁은 양심을 점검하는 시간이었지만, 성찰하는 것이 공허함뿐인 죄수들이나 유배인들에게 저녁은 가혹한 시간이었다. 따라서 그들은 잠시 허공을 부유하다가 다시 무기력 상태로 돌아가 페스트 속에 틀어박혔다.

그들은 결국 가장 사적인 것들을 포기했다. 페스트 초기, 그들은 다른 사람에게 존재 가치가 없지만 본인에게는 매우 값진 것들이 많다는 사실에 놀랐다. 페스트 이전에는 개인적인 생활을 영위했다. 그러나 페스트 이후에는 남들이 관심 두는 것에만 관심을 가졌고, 남들이 생각하는 대로 생각했으며, 사랑마저도 그들에게 허상으로 다가왔다. 그들은 페스트 앞에서 자포자기했으며 희망은 이따금 꿈에서나 품는 것이었다. '그놈의 림프샘 멍울, 이제는 좀 끝났으면!' 하고 생각하는 자신을 문득 깨닫고는 놀랄 정도였다. 사실 그 당시 오랑 사람들은 긴 잠에 빠진 것과 다를 바 없었다. 도시는 눈 뜨고 잠자는 사람들로 가득 찼다. 가끔 아문 듯 보였던 상처가 따끔거리는 밤, 그들은 고통을 통해 자신들의 운명에서 잠시 벗어날 수 있었다. 그래서 잠자다가 소스라치며 깨어나 염증이 생긴 입술을 무심결에 다시 건드린 듯, 느닷없이 찾아온 고통을 통해 잊어 버린 사랑의 얼굴과 마주치기도 했다. 그러다가 아침이 되면 다시 재앙 속으로, 타성에 젖은 삶 속으로 걸어 들어갔다.

격리된 사람들이 어떤 모습이었는지 궁금한 사람도 있을 것이다. 대답은 간단하다. 그들은 보잘것없었다. 달리 말해 극히 평범했다. 그들은 이 도시의 평온과 소란을 동시에 가지고 있었다. 그들은 냉정함을 유지하면서도 비판 의식은 상실했다. 가령 그들 중 가장 현명한 사람들까지도 여느 사람들처럼 신문을 읽거나 라디오 방송을 들으며 페스트가 빨리 끝날 것이라고 겉말만 할 뿐이었다. 혹은 어떤 기자가 하품하며 되는대로 쓴 논평을 읽으며 허황한 희망을 품거나 공포를 느끼기도 했다. 아니면 맥주를 마시거나, 환자를 돌보거나, 게으름을 피우거나, 진이 빠질 정도로 일하거나, 카드를 정리하거나, 아무 레코드판이나 집어 들고 축음기를 틀곤 했다. 한마디로 그들은 더는 무엇도 선택하지 못했다. 페스트가 그들의 판단력을 앗아 갔기 때문이다. 옷이나 식료품을 사면서 아무도 질을 따지지 않았다. 사람들은 그것들을 구분하지 않고, 한 덩어리로 받아들였다.

마지막으로 생이별당한 사람들에게는 특권 같은 것이 있어서 그것이 처음에는 그들을 지켜 주었지만, 그마저도 일상이 되었다. 그들은 사랑이라는 이기주의를 상실한 뒤부터 거기서 얻을 수 있는 특권을 잃었다. 적어도 상황은 분명해졌다. 재앙은 모든 사람과 관련된 것이었다. 우리는 도시 진입문에서 끊이지 않고 울려 퍼지는 총소리, 출생이나 임종의 박자에 맞춰 찍히는 도장 소리, 화재와 서류들, 공포와 절차, 화장터의 무시무시한 연기, 구급차의 한가로운 사이렌 소리 사이에서 치욕적인 죽음을 기다리며 사망자 명부에 자신의 이름이 기록되기를 기다리고 있었다. 우리 모두 자신도 모르는 사이 똑같은 마음으로 재회와 평화의 시간을 기다리며 유배라는 빵으로 허기를 달래고 있었다. 사랑은 여전히 거기에 있었지만, 그것은 마치 범죄나 법원의 판결처럼 무용지물일 뿐 지니기에는 버거운 것이었다. 그것은 희망 없는 인내, 악착같은 기다림에 불과했다.

그것은 시내 어디에서나 보이는 식료품 가게 앞에 길게 줄을 선 행렬과 같았다. 끝도 환상도 없는 똑같은 모양의 체념이었고, 오기였다. 다만 이별의 감정을 이해하려면 식료품을 사는 사람의 감정보다 1,000배는 확대해서 짐작해야 한다. 당시 그것은 또 다른 굶주림, 모든 것을 집어삼킬 정도의 굶주림이었다.

어쨌든 이 도시에서 생이별한 사람들이 처해 있던 심리 상태를 정확히 알고 싶다면 나무는 없고 군중으로 가득한, 희뿌연 먼지와 황금빛으로 물든 음울한 거리를 한 번 더 떠올려야 한다. 도시의 일상적인 언어인 차와 기계 소리는 사라지고, 발소리와 낮은 목소리가 빚어내는 거대한 웅성거림만 테라스를 통해 들려왔다. 끝도 없이 반복되는 숨 막히는 웅성거림은 푹푹 찌는 공기 속에서 역병의 섬뜩한 휘파람에 리듬을 맞췄다. 마음에서 사랑을 밀어낸 맹목적인 사람들은 밤이면 밤마다 가장 애통한 표정으로 도시의 끝에서 끝까지 채워졌다.

제4부

La Peste

Prix Nobel
de
littérature

9월과 10월 내내 오랑은 페스트에 휘둘리고, 굴복했다. 제자리걸음밖에 할 수 있는 일이 없었고, 수십만 명의 사람들이 몇 주 동안 계속해서 제자리를 걸었다. 안개, 무더위, 더위가 차례로 이어졌다. 남쪽에서 날아온 찌르레기와 개똥지빠귀 무리가 도시를 피해 하늘 높이 조용히 날아올랐다. 파늘루 신부가 지붕 위에서 휘파람 소리를 내며 빙글빙글 도는 나무 막대라고 비유하던 재앙이 새들을 도시에 얼씬도 못 하게 하는 것 같았다. 10월 초에는 소나기가 억수같이 쏟아져 거리를 깨끗이 청소했다. 계속해서 제자리를 걷는 일 외에 더 중요한 일은 일어나지 않았다.

리외와 친구들은 지쳐 있었다. 체력적으로 한계에 부딪히자 점점 무관심해졌다. 가령 페스트에 관한 뉴스라면 가리지 않고 관심을 기울였는데 이제는 그렇지 않았다. 랑베르는 얼마 전부터 자기가 묵고 있던 호텔에 마련한 격리 수용소 관리를 임시로 맡고 있었는데, 그는 자신이 몇 명을 담당하는지 정확하게 외우고 있었다. 갑자기 증상을 보이는 사람들을 즉각적으로 후송하기 위한 세부 지침까지 훤히 꿰고 있었다. 그뿐만 아니라 예방 차원에서 격리된 사람들에게 혈청이 얼마나 효과가 있는지 관련 통계도 잘 기억하고 있었다. 그러나 이제는 페스트로 말미암아 한 주에 몇 명이 희생되는지, 페스트 확산이 점점 빨라지고 있는지, 소강상태를 보이는지 전혀 알지 못했다. 그러나 언젠가 여기서 벗어날 수 있다는 희망만은 아직 버리지 않았다.

다른 사람들은 밤낮으로 일에만 몰두할 뿐 신문도 읽지 않고, 라디오도 듣지 않았다. 누군가 어떤 결과를 전하면 관심 있는 척은 했지만, 실제로는 넋을 놓고 있었다. 치열한 격전지에서 고된 일에 지칠 대로 지친 병사들이 일상의 의무만 겨우 수행할 뿐 최후의 작전도, 휴전의 날도 더는 바라지 않게 된 그런 무관심이었다. 페스트 통계 업무는 그랑이 계속 수행하고 있었지만, 통계가 의미하는 것에 대해 아는 건 아니었다. 타루, 랑베르, 리외는 쉽게 지치지 않았지만, 그랑은 건강이 좋았던 적이 없었다. 그런데도 낮에는 시청 일, 저녁에는 보건대 일, 야간에는 소설 작업을 동시에 수행하는 바람에 탈진 상태가 이어졌다. 그러나 두어 가지 신념, 가령 페스트가 끝나면 적어도 일주일 동안 휴가를 얻어 현재 작업 중인 작품을 '모자를 벗으시오.'라는 말이 나올 정도로 몰두해 보겠다는 신념으로 버티고 있었다. 그러다가 갑자기 감상에 빠져 리외와 잔에 대해 이야기를 나누기도 했다. 지금 그녀는 어디 있을까. 신문을 읽다가 자기가 생각날까 궁금했다. 어느 날, 리외는 자신이 아내에 대해 대수롭지 않게 이야기하고 있음을 깨닫고 깜짝 놀랐다. 그전까지는 한 번도 그런 적이 없었다. 전보에서 아내는 늘 괜찮다고 했지만, 어느 정도 믿어야 좋을지 몰라 요양원 담당 의사에게 전보를 치기로 했다. 이내 환자의 상태가 악화했다는 회신을 받았다. 요양원 측은 병세가 더 나빠지지 않도록 모든 조처를 할 것이라고 약속했다. 리외는 그 사실을 아무에게도 말하지 않았다. 따라서 그랑에게 털어놓을 수 있었던 것은 누적된 피로 같은 부연뿐이었다. 시청 직원이 잔의 이야기를 한 뒤 아내에 관해 물었고, 리외는 그에 답했다. "아시다시피 그런 병은 요즘 잘 낫잖아요." 그랑이 말했다. 리외도 그 말에 동의했다. 다만 헤어진 기간이 생각보다 길어졌고, 자신이 곁에 있었다면 아내가 병을 이겨 내는 데 도움이 되었을 거라며, 그녀가 정말 외로울 것이라 덧붙이고는 입을 다물어 버렸다. 그랑은 이후 몇 번 더 질문했지만, 질문에 마지못해 대답하는 정도였다.

다른 사람들도 매한가지였다. 타루는 비교적 잘 견디는 편이었으나 수첩을 살피면 호기심이 전보다 다양하지 않았다. 당시 그는 코타르 외에는 관심이 없어 보였다. 호텔이 예방 격리소로 바뀐 뒤 그는 리외의 집에서 지냈다. 오후에 그랑이나 의사가 하루 결과를 보고해도 흘려듣고는 그가 관심 있는 오랑의 사소한 일상으로 화제를 돌렸다.

카스텔이 혈청이 준비되었다고 통보하러 온 날, 오통 씨의 어린 아들이 병원으로 이송되었다. 리외가 판단했을 때 상태는 절망적이었다. 그들은 그 아이에게 혈청을 시험해 보기로 하고, 최근 통계 수치를 보고하려고 했다. 그때 리외는 늙은 의사가 안락의자에 몸을 파묻은 채 깊이 곯아떨어져 있는 모습을 보았다. 평소 온화하면서도 재기가 있어 젊게 느껴졌는데, 긴장이 풀리자 반쯤 벌어진 입술 사이로 침을 흘리는 모습에서 피로와 노쇠의 기미가 보였다. 울컥 목이 메었다.

리외는 나약한 모습들을 통해 자신이 얼마나 피로한지 가늠했다. 그는 자신의 예민해진 감정을 통제할 수 없었다. 단단히 굳어 메말라 있던 감정이 이따금 걷잡을 수 없이 터져 나왔다. 유일한 대책은 단단히 내면에 형성된 매듭으로 자신의 감정을 더 꽉 조이는 것뿐이었다. 그래야만 계속 견딜 수 있음을 그는 잘 알고 있었다. 그는 거대한 환상을 품지 않았지만, 그나마 있던 것도 피로가 앗아 갔다. 언제 끝날지 알 수 없는 지난한 시기였다. 리외는 병을 고치는 일이 더는 자신의 역할이 아님을 알고 있었다. 그는 그저 진단하는 사람이었다. 그의 역할은 환자의 옷을 벗기고, 발견하고, 진단하고, 기록하고, 등록하고, 선고를 내리는 일이었다. 환자의 아내들이 그의 손목을 붙잡고 울부짖었다. "선생님! 그이를 제발 살려 주세요!" 그러나 그는 살리기 위해 거기 있는 것이 아니라, 격리 명령을 내리기 위해 거기 있었다. 그때 그는 사람들의 얼굴에 서린 증오심을 읽었다. 하지만 그게 무슨 소용인가. 어느 날 누군가 그에게 "인정머리라고는 눈곱만큼도 없다."라고 말했다. 물론 그는 인정이 넘쳤다. 그것 때문에 살기 위해 태어났던 사람들이 죽어 가는 것을 보면서도 매일 20시간가량을 버틸 수 있었다. 인정이 그를 매일 다시 시작하게 했다. 하지만 이제는 딱 다시 시작할 만큼의 인정밖에 남지 않았다. 그 정도의 인정으로 어떻게 생명을 살릴 수 있단 말인가?

그는 온종일 사람은 살리지 못한 채, 공지 사항만 전달했다. 못 할 짓이었다. 그러나 공포에 휩싸여 죽어 가는 상황 속에서 인간다운 일을 할 수 있는 여유가 누구에겐들 있었겠는가? 차라리 피곤한 것이 나았다. 만약 리외에게 힘이 남아 있었다면, 사방에서 진동하는 죽음의 냄새 때문에 감상적인 사람이 되었을 것이다. 그러나 사람이 하루에 서너 시간만 자다 보면 감상에 빠질 틈이 없다. 그는 사물을 그 자체로 본다. 다시 말해 정의의 눈, 추악하고 매력 없는 정의의 눈으로 그것들을 본다. 사망 선고를 받는 이들도 잘 알고 있었다. 페스트가 창궐하기 전, 사람들은 그를 구세주처럼 맞았다. 알약 세 개와 주사 한 방으로 모든 병을 해결했고, 사람들은 그의 팔을 잡고 복도까지 배웅했다. 기분은 좋았지만 난처하기도 했다. 하지만 이제는 반대였다. 그는 군인들과 함께 환자의 집에 방문했고, 개머리판으로 문을 두드려야 가족들은 문을 열었다. 그들은 리외를, 인류 전체를 죽음 속으로 끌고 들어가려 했을 것이다. 인간은 다른 존재 없이 살 수 없고, 리외 역시 불행한 사람들과 마찬가지로 모든 것을 박탈당했다. 환자의 집에서 떠날 때 생기는 동정심을, 리외 역시 받을 자격이 있었다.

리외는 끝이 보이지 않던 몇 주 동안 아내와 이별한 상황과 재앙 앞에서 무력한 자신의 처지 때문에 괴로웠다. 동료들 역시 마찬가지였다. 재앙에 맞서 싸우는 사람들은 거의 탈진 상태였다. 극도의 피로감이 초래한 위험은 외부 사건이나 타인의 정서에 대한 무관심이 아니라, 될 대로 되라는 식의 어떤 나태였다. 그들은 필요하지 않은 행동이나 그들의 힘으로 어찌해 볼 수 없는 일은 피하려고 했다. 그래서 그들이 정한 위생 규칙을 소홀히 하고, 자기 몸에 실시해야 하는 수많은 소독 절차 중 몇 가지를 놓쳤다. 심지어 전염 예방 조치도 취하지 않고, 폐렴형 페스트 환자 곁을 돌아다닐 때도 있었다. 감염된 집에 가야 한다는 것을 출발 직전에 알게 되면, 몸에 소독약을 뿌리러 정해진 장소로 되돌아가는 일이 번거롭게 느껴졌다. 페스트와의 투쟁 자체가 페스트에 가장 취약해지도록 만들었다. 그것은 정말 위험했다. 결국 그들은 희망을 운에 걸어 버렸다. 그러나 운은 바란다고 찾아오는 것이 아니었다.

그러나 그 도시에는 지치지도 낙담하지도 않은 한 사람이 있었다. 바로 코타르였다. 그는 오히려 만족스러워 보였다. 또한 다른 사람들과 관계를 유지하면서도 일정한 거리를 유지했다. 코타르는 타루의 일을 방해하지 않는 선에서 그를 자주 만나려고 했다. 타루가 자신의 사정을 잘 알기도 했고, 자신에게 한결같이 친절했기 때문이다. 타루는 아무리 고단해도 놀라울 정도로 상대에게 호의적이었다. 저녁에 피로로 곤죽이 되어도 다음 날이면 기운을 되찾았다. "그 양반하고는 말이 통해요. 진짜 사나이라니까요. 이해심이 많아요." 코타르는 랑베르에게 말했다.

타루의 수첩에 기록된 내용은 이렇게 코타르라는 인물로 집중되었다. 타루는 코타르가 표현하거나 자신이 해석한 내용에 따라 그의 생각과 반응을 일목요연하게 보여 주기 위해 애썼다. '코타르와 페스트의 관계'라는 제목 아래 이러한 내용이 여러 페이지에 걸쳐 서술되어 있었다. 요약하자면 이렇다. '그는 성장하는 인물이다.' 적어도 겉으로 보기에 그는 기분 좋게 성장하고 있었다. 그는 상황의 추이에 불만을 품지 않았다. 가끔 타루 앞에서 다음과 같은 몇 마디 말로 자신의 진정한 생각을 표현했다. "물론 더 나아지지는 않겠죠. 하지만 적어도 우린 함께 있죠."

타루는 이렇게 덧붙이기도 했다.

물론 다른 사람들과 마찬가지로 위험에 노출되어 있지만, 그에게 중요한 것은 모두 함께 있다는 것이다. 그리고 확신하는데, 그는 자신이 페스트에 걸릴 수 있다는 사실을 심각하게 받아들이지 않는다. 그는 큰 병에 걸렸거나, 심각한 불안에 시달리는 사람은 다른 질병이나 근심으로부터 면제된다고 굳게 믿고 있는 것 같다. 아주 터무니없는 생각도 아니었다. 그는 이렇게 말하기도 했다. "사람은 여러 가지 질병을 동시에 앓을 수 없다는 사실을 아세요? 가령 선생님이 중증의 암이나 심한 폐병에 걸렸다면 페스트나 장티푸스는 절대로 걸리지 않을 거예요. 그건 불가능하니까요. 그뿐만이 아니에요. 암 환자가 자동차 사고로 죽는 걸 보셨나요?" 그의 논리가 비약이든 사실이든 그런 생각은 스스로를 기분 좋게 했다. 그가 원치 않는단 하나는 다른 사람들과 헤어져 있는 일이었다. 그는 혼자서

죄수가 되니 사람들과 함께 포위된 상태가 낫다고 여겼다. 페스트 덕분에 내사, 소송 자료, 신상 정보, 가늠할 수 없는 예심(豫審), 임박한 체포도 문제가 되지 않았다. 이제는 경찰도 없고, 과거의 범죄와 새로운 범죄도 없고, 죄인도 없다. 오로지 사면을 기다리는 죄수만 있을 뿐이다. 그 죄수 중에는 당연히 경찰도 있다.

타루의 해석에 따르면 코타르는 사람들이 불안해하고 동요하는 모습에 이를테면 '계속 말해 봐요. 저는 이미 다 겪어 봤으니까요.'라며 아량을 베풀 자격이 있는 사람이었다.

다른 사람들과 어울려 지내려면 양심적으로 행동하는 것이 유일한 방법이라고 말해도 소용없었다. 그는 불쾌한 눈초리로 나를 쳐다보며 "그럼 누구도 다른 사람과 어울려 지낼 수 없습니다."라고 하더니 곧 이렇게 말했다. "제가 장담하지요. 사람들을 함께하도록 하는 유일한 방법은 페스트죠. 주위를 한번 보세요." 사실 나는 그가 하고 싶은 말이 무엇인지, 그리고 현재 그가 자신의 생활을 얼마나 편안하게 여기는지 잘 알고 있다. 세상 사람들을 자기 편으로 만들어 보려는 시도, 길을 잃은 사람에게 길을 알려 주며 베푸는 호의, 사람들이 드러내는 불쾌한 감정, 고급 식당에서 늦게까지 시간을 보내는 즐거움, 매일 같이 영화관 앞에 줄을 서고 공연장이나 댄스홀을 가득 메웠다가 순식간에 빠져나가는 무질서한 인파, 서로에게 거리를 두면서도 어울리려고 하고, 팔꿈치를 맞대고, 이성에 이끌리는 따뜻한 인간애에 대한 갈망. 코타르는 이 모든 것을 먼저 경험한 것이다. 그러니 길을 지나다 한때 자신이 보였던 반응들을 어찌 그가 알아보지 못하겠는가? 그러나 여자만은 예외였는데, 하긴 그렇게 생겨서……. 그는 매춘부를 찾아가려다가도 나쁜 취미에 빠져 나중에 큰코다칠까 포기하고 말았을 것이다.

결과적으로 페스트가 그에게 도움이 된 셈이었다. 페스트는 고독하지만, 고독을 원치 않은 이들을 공범자로 만든다. 코타르는 공범이었다. 그 공범자는 페스트를 즐기고 있었다. 그는 눈에 띄는 모든 것, 즉 미신들, 근거 없는 두려움, 신경과민에 시달릴 정도의 불안감, 가령 페스트에 대해 가능한 언급하지 않으려고 하면서도 끊임없이 그것에 관해 이야기하게 만드는 그들의 편집증적인 증상, 전염병이 두통으로부터 시작된다는 사실에 머리가 조금만 아파도 창백해지고 불안해지는 심정, 잠시 잊은 것을 무례로 여기고 불같이 화를 내고, 바지 단추 하나만 잃어버려도 상심하는 초조하고 민감한 정서. 다시 말해 '불안정한 감수성'을 페스트는 공범자로 만들었다.

타루는 저녁나절 코타르와 함께 외출하는 일이 잦았다. 돌아와서는 해가 질 무렵이나 밤중에 어깨를 나란히 하고, 희미한 가로등 불빛을 받아 밝아졌다가 어두워지는 무리에 섞여, 냉랭한 페스트를 막아 줄 달아오른 쾌락을 찾는 인간들의 행렬을 둘이 어떻게 따라가게 되었는지 수첩에 기록했다. 코타르가 이미 몇 달 전 공공장소에서 찾았던 향락, 꿈꾸었지만 절제해야 했던 사치와 여유를 이제 대부분 사람이 추구하고 있었다. 물가는 천정부지로 치솟았고, 사람들은 유례없이 재산을 탕진했다. 생필품이 부족한 상황인데도 사람들은 흥청망청 사치를 부렸다. 대량 실업으로 한가해진 사람들은 유희를 즐기는 비율이 배로 늘었다. 타루와 코타르는 가끔 한 쌍의 남녀를 꽤 오랫동안 따라갔다. 전에는 관계를 감추려고 애쓰던 그들은 취기가 오른 듯 굉장한 열정에 사로잡혀 서로의 몸을 밀착시키고는 주변의 시선을 아랑곳하지 않았다. 그들은 술에 거나하게 취한 상태로 악착같이 도시를 배회했다. 코타르는 감동한 듯 "젊음이 멋지지 않습니까?"라고 말하더니 집단적 광기, 그들 주변에 뿌려지는 엄청난 액수의 팁, 그리고 눈앞에서 펼쳐지는 정사를 보며 얼굴이 밝게 피어났다.

타루는 코타르의 행동에 악의가 없다고 생각했다. "이미 겪어 봐서 잘 안다."라고 말할 때 그의 태도에는 일종의 승리감이 아니라 불행이 더 담겨 있었다. 타루는 다음과 같이 기록했다.

　　그는 하늘과 도시 성곽에 갇힌 사람들을 사랑하기 시작한 것 같다. 할 수만 있다면 그는 그들에게 이 상황이 생각만큼 끔찍하지 않다고 기꺼이 설명해 주었으리라. 그는 나에게 재차 강조했다. "페스트가 끝나면 이걸 해야지, 페스트가 끝나면 저걸 해야지.' 하는 사람들은 말이죠. 인생을 망치고 있어요. 심지어 그들이 가진 특권도 눈치 채지 못하고 있죠. 체포되면 제가 '이런 것을 할 거야.'라고 말할 수 있을까요? 체포는 하나의 시작이지 끝이 아니죠. 반면 페스트는……. 제 생각에는 흘러가는 대로 놔두지 않으니 불행한 거라고요. 그냥 하는 말이 아니에요."

　　타루는 "사실 허투로 하는 말은 아니다."라고 덧붙였다. 그는 오랑 사람의 모순을 제대로 파악하고 있다. 그들은 서로 친밀해질 수 있는 따뜻함을 절실히 원하면서도 서로를 불신하고 경계했다. 타루는 그들을 이해할 수 있었다. 그들은 이웃을 믿을 수 없었다. 언제 어디서 누가 페스트균을 옮길지 몰랐다. 사람을 사귀고 싶어도 혹시나 그들 중에 있을지도 모를 밀고자를 찾기 위해 시간을 허비했다. 페스트가 언제 그들어깨에 손을 올릴지 몰랐다. 무사하다고 기뻐하는 순간, 페스트가 습격할 수 있었기 때문에 그들은 서로를 원하면서도 경계했다. 하지만 타루는 이러한 공포 속에서도 편안했다. 그러나 그는 코타르가 불확실함에서 비롯된 잔인한 맛을 누구보다 먼저 맛보았기 때문에 다른 사람들과 완전히 똑같이 느끼지는 못할 수 있다고 생각했다. 결국 페스트에도 불구하고 아직 죽지 않은 우리와 마찬가지로, 자신의 생명과 자유가 파괴 직전에 놓여 있음을 충분히 자각하고 있었다. 그러나 자신이 공포 속에서 산 만큼 다른 사람들도 공포를 맛보아야 한다고 생각했다. 그래야 공포에 홀로 내던져졌을 때보다 공포를 더 쉽게 견딜 수 있다는 것이다. 그는 바로 이 점을 잘못 생각하고 있었다. 다른 사람들보다 코타르를 이해하기 더 어려운 까닭도 바로 이 점에 있었다. 그러나 바로 이것 때문에 그를 이해하기 위해 노력해야 할 가치가 있었다.

마지막으로 타루의 기록은 코타르나 페스트에 전염된 사람들에게 동시에 일어났던 기이한 사고방식을 한눈에 알 수 있도록 하는 일화로 끝난다. 이 일화가 중요한 까닭은 당시 힘든 상황을 가감 없이 보여 준다는 데 있다.

코타르의 초대로 둘은 〈오르페우스와 에우리디케〉를 상연하는 시립 오페라 극장에 갔다. 극단은 페스트가 시작되던 봄, 공연을 위해 오랑에 왔다가 시가 폐쇄되는 바람에 꼼짝없이 갇히고 말았다. 극단은 오페라 극장과 협약을 맺고 매주 한 번씩 그 작품을 다시 공연했다. 이에 따라 몇 달 전부터 시립 극장에서는 금요일마다 오르페우스의 탄식과 에우리디케의 헛된 애원이 울려 퍼졌다. 이 공연은 계속 관객들의 성원을 받았고, 막대한 수익을 올렸다. 코타르와 타루는 가장 비싼 좌석에 앉아 가장 세련되게 차려입은 사람들로 가득 찬 1층의 일반석을 내려다보았다. 막 도착한 사람은 입장 시간을 놓치지 않으려고 분주했다. 막이 내려진 무대 아래쪽에서 눈부신 조명이 홀을 밝히고 있었다. 오케스트라 석에서 연주자들이 악기를 조율하는 동안 관객석에서는 이 줄에서 저 줄로 움직이며 우아하게 허리를 굽혀 인사하는 모습이 또렷하게 보였다. 나지막하게 울리는 점잖은 대화 속에서 사람들은 몇 시간 전 도시의 컴컴한 거리에서 느끼지 못했던 침착함을 회복했다. 사람들의 옷차림이 페스트를 몰아낸 것이다.

1막이 상연되는 내내 오르페우스는 자신의 처지를 안정감 있게 한탄했고, 튜닉 차림의 여자들도 우아한 몸짓으로 그의 불행을 설명했다. 그들은 아리에타(아리아보다 훨씬 짧고 단순한 오페라의 독창곡) 형식으로 사랑을 노래했다. 관람객들은 점잖지만 열렬한 호응을 보냈다. 2막에서 아리아를 부를 차례가 되었을 때 오르페우스가 지옥의 왕에게 자신을 가엾이 여겨 달라고 호소하기 위해 악보에도 없는 비브라토를 가미해

지나치게 비장한 모습으로 노래한 사실을 알아차린 사람은 거의 없었다. 배우의 격렬한 몸짓은 예리한 사람들이 보기에도 연기력을 한층 더 빛나게 하는 연출 효과처럼 보였다.

널리 알려진 3막은 에우리디케가 사랑하는 애인에게서 멀어져 가는 순간, 오르페우스와 에우리디케의 멋진 이중창이 시작되면서 장내는 놀라움으로 술렁거렸다. 마치 청중들의 동요만을 기다리고 있었다는 듯, 더 정확하게 말한다면 객석에서 들려오는 웅성거리는 소리가 마치 자신이 느끼고 있는 것을 확인시켜 주기라도 한다는 듯, 배우는 고대 의상을 입은 채 팔과 다리를 벌리고, 그로테스크한 모습으로 무대 앞쪽으로 걸어 나오더니 무대 배경인 양들의 무리 한복판에 쓰러졌다. 무대 장치는 처음부터 당시의 분위기와 어울리지 않았지만, 관객들이 보기에는 그때 처음으로 목가적인 무대 장치가 끔찍할 만큼 시대착오적임을 깨달았다. 그와 동시에 오케스트라 연주가 멈추고 일반석 청중들이 자리에서 일어나 천천히 극장을 빠져나갔다. 처음에는 예배를 마치거나 빈소에서 문상을 마치고 빠져나오듯 여성들은 치마를 단정히 여미고, 남자는 동행한 여성들의 팔꿈치를 잡고 그녀들이 접이의자에 걸리지 않도록 신경을 쓰면서 자리를 떴다. 그러다가 점차 움직임이 조급해졌고, 수군거림은 고함으로 변했다. 관객들이 출구로 몰려 서로 먼저 빠져나가려고 서두르다가 마침내 고함을 지르며 서로를 밀쳤다. 자리에서 일어나기만 했던 코타르와 타루는 그 자리에 서서 당시 자신들이 살아가는 삶의 이미지를 정면으로 마주하고 있었다. 무대 위에는 광대로 분장한 페스트가 쓰러져 있고, 객석에는 붉은색 좌석 위로 부채와 레이스 달린 숄 따위의 이제 아무런 쓸모없는 사치가 나뒹굴고 있었다.

랑베르는 9월 초순 동안 리외 곁에서 열심히 일했다. 단 하루 휴가를 신청하기도 했는데, 그날은 곤잘레스와 두 청년을 남자 고등학교에서 만나기로 했다.

그날 정오, 곤잘레스와 기자는 키가 작은 그 두 녀석이 웃으며 다가오는 것을 보았다. 그들은 지난번 운이 나빴지만 그런 일쯤은 당연히 예상했어야 한다고 말했다. 어쨌거나 그들은 이번 주 보초 당번이 아니었다. 다음 주까지 기다려야 했다. 그때 다시 시작해 볼 수 있다고 했다. 랑베르도 이에 동의했다. 곤잘레스는 다음 월요일에 만나자고 제안했다. 이번에는 아예 랑베르를 마르셀과 루이의 집에서 지내도록 하자고 했다. "자네하고 나하고 약속하지. 혹시 내가 안 오거든 자네는 그냥 저 애들 집으로 가라고. 어디 사는지 가르쳐 줄 테니까." 그때 마르셀인지 루이인지가 지금 바로 랑베르를 데리고 자기들 집에 가는 것이 가장 간단하다고 말했다. 그가 까다롭지만 않다면 네 사람이 먹을 양식이 준비되어 있으며, 그렇게 하면 그도 다 알게 될 것이라고 말했다. 곤잘레스는 좋은 생각이라고 했다.

마르셀과 루이는 마른느 구역 가장 끝, 해안 도로에 있는 검문소 근처에 살았다. 스페인식으로 지은 작은 집이었다. 벽이 두껍고 창에는 페인트를 칠한 나무 덧문이 달려 있었다. 방은 어두침침하고 별다른 가구는 없었다. 젊은이들의 어머니가 쌀밥을 대접했다. 웃는 얼굴의 늙은 스페인 여인인 그녀는 주름이 많았다. 시내에는 이미 쌀이 부족했던 터라 곤잘레스는 화들짝 놀랐다. "시 출입문에서는 구할 수 있어요." 그러자 마르셀이 말했다. 랑베르가 잘 먹고 마시는 모습을 보자, 곤잘레스는 그가 진짜 친구라고 말했다. 하지만 기자는 그러거나 말거나 앞으로 보내야 할 일주일에 대해서만 생각하고 있었다.

하지만 실제로는 보름 정도나 기다렸다. 보초 수를 줄이기 위해 보름 만에 교대가 이루어졌기 때문이다. 그래서 그동안 랑베르는 눈 딱 감고 새벽부터 밤늦게까지 몸이 부서질 정도로 쉬지 않고 일했다. 늦은 밤이 되면 녹초가 되어 깊은 잠에 빠졌다. 한가로이 지내다가 갑자기 힘든 일을 하다 보니, 꿈도 사라지고 기력도 쇠한 것처럼 보였다. 곧 있을 탈출에 대해서는 거의 언급하지 않았다. 랑베르는 일주일이 지나고 나서 리외에게 전날 밤 처음으로 취하도록 술을 마셨다고 털어놓았다. 그가 바에서 나왔을 때, 사타구니가 갑자기 부어오르고 팔을 움직이면 겨드랑이 근처가 뻑뻑한 것 같았다. '걸렸군.' 그는 생각했다. 당시 그가 할 수 있는 행동이라고는 시에서 가장 높은 곳으로 뛰어 올라가는 것뿐이었다. 리외는 분별 있는 행동은 아니라고 말했고, 랑베르 역시 그 말에 동의했다. 그는 바다는 여전히 보이지 않고 하늘이 좀 더 잘 보이는 광장에서 도시를 둘러싼 벽 너머로 아내의 이름을 크게 불렀다. 집에 돌아와 몸에서 어떤 징후도 발견되지 않자, 그는 충동적으로 행동한 자신이 부끄러워졌다. 하지만 리외는 그럴 수 있다고 말했다. "누구나 그렇게 하고 싶을 때가 있는 법이지요."

이윽고 랑베르가 가려는데 리외가 갑자기 한마디 덧붙였다. "오늘 오전에 오통 판사가 당신에 관해 이야기하더군요. 당신을 아느냐고 묻더니 '그럼 밀거래꾼들과 어울리지 말라고 충고 좀 해 주세요. 주의할 인물로 감시받고 있어요.'라고 전했어요."

"그게 무슨 뜻이죠?"

"서둘러야 한다는 거죠."

"고맙습니다." 랑베르가 의사에게 악수를 청하며 말했다.

그때 문가에서 그가 갑자기 몸을 돌렸다. 리외는 페스트 발병 이후 그의 미소를 처음 보았다.

"그런데 제가 떠나는 걸 선생님은 왜 막지 않으세요? 충분히 그럴 수 있는데도."

리외는 늘 그렇듯 고개를 끄덕이더니 그거야 랑베르 본인의 일이고, 자신의 행복을 선택한 이상 딱히 반대할 이유가 없다고 했다. 더군다나 무엇이 옳은지 그른지 판단할 능력이 자기에게는 없다고 덧붙였다.

"그러면서 왜 서두르라고 하세요?"

이번에는 리외가 미소를 지었다.

"어쩌면 저 역시 행복을 위해 뭔가 하고 싶기 때문이겠죠."

다음 날, 그들은 함께 일하면서도 그 일에 대해 더는 말하지 않았다. 다음 주 랑베르는 드디어 스페인식 작은 집으로 짐을 옮겼다. 거실에 랑베르를 위한 침대를 하나 들여놓았다. 젊은이들은 점심을 하러 오지 않았고, 되도록 밖에 나가지 말라는 부탁도 있어서 랑베르는 대부분 거실에서 혼자 지내다가 그들의 늙은 어머니와 대화를 나누곤 했다. 늙은 여인의 몸은 야위었지만, 활동적이었다. 그녀는 늘 검은색 옷을 입고 있었다. 갈색 얼굴에는 주름이 많고 백발의 머리는 상당히 정갈하게 빗겨져 있었다. 노파는 랑베르와 눈이 마주치면 말없이 미소를 지었다.

한번은 그녀가 랑베르에게 혹시 아내에게 페스트를 옮길지도 모르는데 두렵지 않느냐고 물었다. 그는 자신이 생각하기에 그런 경우는 잘 일어나지 않으며, 도시에 이대로 남아 있으면 영원히 헤어질 위험이 있으니 이번 기회를 놓쳐서는 안 될 것 같다고 대답했다.

"그분은 상냥한가요?" 노파가 미소를 지으며 물었다.

"그럼요."

"아름답나요?"

"제 생각에는 그래요."

"아! 그래서 그러시군요." 노파는 말했다.

랑베르는 곰곰이 생각했다. 그럴지도 모르지만 단지 그것뿐이지는 않았다.

"신을 믿지 않나요?" 노파는 매일 아침 미사에 나가고 있었다.

랑베르는 안 믿는다고 시인했다. 노파는 다시 한번 그래서 그런다고 말했다.

"아내를 만나야 해요. 당신이 옳아요. 그마저 없다면 당신에게 뭐가 남겠어요."

나머지 시간에 랑베르는 장식 없는 회벽들로 둘러싸인 방을 빙빙 돌다가 칸막이벽에 걸어 놓은 부채들을 만지거나, 식탁보 끝에 달린 양모로 된 둥근 술을 한 가닥 한 가닥 세어 보기도 했다. 저녁이 되자 청년들이 집으로 돌아왔다. 그들은 아직 때가 이르다고 말할 뿐 별다른 말을 하지 않았다. 저녁식사 후, 마르셀은 기타를 쳤고, 그들은 다 같이 아니스 술을 마셨다. 랑베르는 생각에 잠겼다.

수요일에 마르셀이 집에 들어오면서 "내일 밤 자정입니다. 준비하고 계세요."라고 일렀다. 그들과 함께 보초를 서던 두 사람 중 한 명이 페스트에 걸렸고, 평소에 그자와 한방을 쓰던 다른 보초 한 명은 수용소에 격리되었다. 따라서 2~3일은 마르셀과 루이만 남게 될 터였다. 밤사이 세부 사항들을 마련할 것이고, 다음 날 시도가 가능하리라는 것이다. 랑베르는 고맙다고 말했다. "기분이 어떤가요." 노파는 물었고 그는 좋다고 대답했지만, 사실 딴생각을 하고 있었다.

다음 날, 하늘에는 구름이 잔뜩 끼었고 습도가 높아 숨막힐 듯 더웠다. 페스트에 대한 소식은 좋지 않았다. 그렇지만 스페인 노파는 여전히 침착했다. "이 세상에는 원죄가 있어요. 그러니 이렇게 되는 것도 당연하지요." 그녀가 말했다. 랑베르는 마르셀과 루이처럼 웃옷을 벗고 있었다. 무슨 수를 써도 어깨와 가슴 위로 땀이 줄줄 흘렀다. 덧문을 닫고 희미한 불빛만 드리워진 어두컴컴한 방 한가운데에 있어서 그들의 구릿빛 상반신이 유약을 칠한 듯 번들거렸다. 랑베르는 말없이 방 안을 빙글빙글 돌았다. 오후 4시, 그가 갑자기 옷을 입으며 나갔다 오겠다고 했다.

"조심하세요. 오늘 자정이에요. 준비는 이미 다 되어 있어요." 마르셀이 말했다.

랑베르는 리외의 집으로 향했다. 리외의 어머니는 높은 지대의 병원에 가면 아들을 만날 수 있다고 일러 주었다. 군중이 전과 마찬가지로 초소 앞에서 서성대고 있었다. "비켜 주세요." 눈이 약간 튀어나온 하사가 소리쳤다. 사람들은 약간 움직이는 척하다가 결국 그 자리를 맴돌았다. "기다려 봤자 소용없다니까." 하사의 웃옷도 땀에 젖어 있었다. 다른 사람도 소용없다는 것을 알았다. 그러나 살인적인 더위에도 불구하고 그 자리에 그대로 서 있었다. 랑베르가 통행증을 제시하자, 그는 타루의 사무실을 가리켰다. 마당 쪽으로 나 있는 사무실 문에서 밖으로 나오는 파늘루 신부와 마주쳤다.

약품 냄새와 축축한 시트 냄새가 나는 작고 더러운 하얀 방에서 타루는 검은색 나무로 된 책상에 앉아 셔츠 소매를 걷어붙인 채 팔뚝에 흘러내리는 땀을 손수건으로 닦고 있었다.

"아직 계셨네요?" 그가 물었다.

"네, 리외 선생과 이야기할 수 있을까요?"

"병실에 계세요. 하지만 리외 없이 해결할 수 있는 일이면 좋겠군요."

"무슨 의미지요?"

"너무 과로하고 있거든요. 가능하면 일을 좀 덜어 주고 싶어서요."

랑베르는 타루를 보았다. 그는 수척해졌다. 피로 때문에 눈빛과 표정도 흐릿했다. 다부진 어깨는 움츠러들어 있었다. 노크 소리가 나더니 흰 마스크를 착용한 간호사가 들어왔다. 그는 타루의 책상 위에 카드 뭉치 하나를 내려놓고는 "6시입니다."라고만 말하고 나가 버렸다. 타루는 기자를 보더니 카드를 부채 모양으로 펼쳐 보였다.

"멋진 카드죠? 그런데 밤사이에 생긴 사망자들의 카드예요."

이마에 깊은 주름이 잡혔다. 그는 다시 카드를 정리했다.

"우리가 할 수 있는 일은 이제 사망자 수를 세는 것밖에 없어요."

타루가 책상을 손으로 짚으며 자리에서 일어났다.

"곧 떠나죠?"

"오늘 자정입니다."

타루는 자신도 기쁘다며 랑베르에게 몸조심하라고 말했다.

"진심입니까?"

타루는 어깨를 으쓱했다.

"제 나이가 되면 어쩔 수 없이 솔직해지죠. 거짓말을 한다는 건 너무 피곤한 일이니까요."

"타루, 미안하지만 의사 선생님을 만날 수 없겠습니까?" 기자가 말했다.

"알아요. 저보다 훨씬 인간적인 분이시죠. 갑시다."

"그래서 그런 건 아닙니다." 랑베르는 어렵사리 입을 떼고는 자리에 멈춰 섰다.

타루는 그를 보다가 갑자기 미소를 지었다.

그들은 밝은 초록색으로 칠해서 마치 수족관처럼 빛이 넘실대는 좁은 복도를 따라 걸었다. 이중 유리문에 이상하게 움직이는 그림자들이 비쳤다. 유리문 앞에서 타루는 벽장으로 도배해 놓은 듯한 좁은 방으로 랑베르를 들여보냈다. 그러고는 벽장을 열고 살균 소독기에서 흡수성 거즈 마스크 두 개를 꺼내더니 랑베르에게 하나를 건넸다. 이런 것들이 도움이 되는지 묻자, 타루는 그런 건 아니지만 다른 사람들에게 신뢰를 준다고 대답했다.

그들은 유리문을 밀고 들어갔다. 안은 넓은 방이었는데 계절에 상관없이 창문은 완전히 닫혀 있었다. 벽 위쪽에는 환풍기가 윙윙거리며 돌아갔고, 프로펠러 모양의 날개가 두 줄로 나란히 놓인 잿빛 침대가 있었다. 침대 위에서는 찌는 듯한 뿌연 공기가 휘젓고 있었다. 여기저기서 어렴풋하지만 날카로운 신음이 단조로운 울음처럼 들렸다. 유리창에 달린 창살 사이로 햇빛이 쏟아져 들어왔고, 흰 옷을 입은 남자들이 천천히 움직였다. 랑베르는 더위 때문에 질식할 것 같았다. 리외는 신음을 내는 어떤 사람 위로 허리를 굽히고 있었다. 랑베르는 리외를 알아보지 못했다. 의사는 환자의 사타구니를 절개하고 있었고, 두 간호사가 침대 양쪽에서 환자를 꼼짝하지 못하게 붙들었다. 리외는 몸을 일으켜 조수가 내민 쟁반 위에 수술 도구를 내려놓고, 잠시 우두커니 서서 간호사가 붕대를 감아 주는 환자를 내려다보았다.

"무슨 일 있나요?" 그가 곁으로 다가오는 타루에게 말했다.

"파늘루가 랑베르를 대신해 격리 수용소 일을 맡아 하기로 했어요. 벌써 많은 일을 했어요. 이제 제3 검역반만 재편성하면 돼요."

리외는 고개를 끄덕였다.

"카스텔이 첫 제품을 완성했어요. 시험해 보자고 하더군요."

"그거 잘됐네요!" 리외가 말했다.

"그리고 여기 랑베르 씨가 와 있어요."

리외가 뒤돌아보았다. 그는 마스크 너머로 기자를 보느라 눈을 찌푸렸다.

"여긴 어쩐 일이죠? 지금쯤 다른 곳에 있어야 하잖아요."

타루가 오늘 자정이라고 말하자, 랑베르는 "원칙적으로는 요."라고 거들었다.

그들이 말할 때마다 거즈 마스크가 불룩해지면서 입이 닿는 부분이 축축해졌다. 그래서 마치 조각상들이 대화하는 듯 어딘지 모르게 비현실적인 장면을 연출했다.

"드릴 말씀이 있어요." 랑베르가 말했다.

"괜찮으시면 같이 나가죠. 타루의 사무실에서 기다리고 계세요."

잠시 후 랑베르와 리외는 자동차 뒷좌석에 앉았다. 운전은 타루가 맡았다.

타루가 시동을 걸면서 말했다. "휘발유가 없어요. 내일부터는 걸어 다닙시다."

"선생님." 랑베르가 입을 열었다. "저는 떠나지 않고, 여러분과 함께 남고 싶습니다."

타루는 잠자코 운전했다. 리외는 피로에서 헤어 나오지 못했다.

"그럼, 아내는요." 그가 낮은 음성으로 조용히 물었다.

랑베르는 다시 한번 생각해 보니 자기가 옳다는 믿음에는 변함이 없지만, 떠난다면 무척 수치스러울 것 같다고 말했다. 이렇게 떠나면 아내를 사랑하는 마음도 불편해지리라는 것이었다. 리외가 몸을 일으키며 확고한 목소리로, 그것은 어리석은 생각이며 행복을 택하는 것은 부끄러운 일이 아니라고 말했다.

"그렇습니다. 하지만 혼자서만 행복하다면 부끄럽겠지요."

그때까지 잠자코 있던 타루는 고개를 돌리지도 않은 채 만약 랑베르가 남들과 함께 불행을 나눌 생각이라면 행복을 위한 시간은 앞으로 얻지 못할 것이라고 지적했다. 선택해야 한다는 것이다.

"아닙니다. 나는 이 도시에서 이방인이니까 여러분과는 아무 상관이 없다고 생각했습니다. 그러나 이제 경험이 쌓이다 보니 제가 원하든 원하지 않든 저도 이곳 사람이라는 것을 깨달았습니다. 이 사건은 우리 모두의 일입니다."

아무도 말하려 하지 않았다. 랑베르는 초조한 것처럼 보였다.

"잘 알고 계시잖아요. 그렇지 않다면 이 병원에서 무엇을 하시는 건가요. 그러니까 여러분은 선택했고, 그래서 행복도 포기한 거 아닙니까?"

타루도 리외도 별다른 말을 하지 않았다. 리외의 집에 도착할 때까지 오랫동안 침묵이 이어졌다. 랑베르가 한층 더 큰 목소리로 조금 전의 질문을 되풀이했다. 리외만이 그에게 얼굴을 돌렸다. 그는 가까스로 몸을 일으키며 말했다.

"미안합니다. 랑베르, 저도 잘 모르겠습니다. 원한다면 우리와 함께 남아 있어요."

자동차가 갑자기 급커브를 돌자, 리외는 말을 잠시 멈추더니 정면을 응시하면서 다시 말했다.

"이 세상 그 무엇도 자신의 사랑에 등을 돌릴 만큼 가치가 있지 않아요. 하지만 저 역시 영문도 모른 채 사랑을 외면하고 있지요."

그는 쿠션에 다시 몸을 기댔다.

"그건 사실입니다. 사실은 사실로 인정하고 거기서 결론을 끌어냅시다."

"무슨 결론이요?" 랑베르가 물었다.

"아! 병도 고치고 그것도 알아내고 동시에 할 수는 없어요. 그러니 가능한 치료부터 합시다. 그게 가장 급한 일입니다."

자정에 타루와 리외가 조사해야 할 구역의 약도를 랑베르에게 그려 주었다. 타루는 손목시계를 보고 고개를 들다가 랑베르와 눈이 마주쳤다.

"미리 알리긴 했나요?"

기자가 시선을 돌리며 간신히 대답했다.

"두 분을 뵈러 오기 전, 메모를 보냈어요."

10월 말, 카스텔의 혈청을 처음 시험했다. 사실 그 혈청은 리외의 마지막 희망이었다. 그것이 실패할 경우 페스트는 오랫동안 기승을 부리든, 이유 없이 사라지든 변덕스럽게 될 것이고, 도시는 이에 놀아날 것이 확실했다.

카스텔이 리외를 방문하기 바로 전, 오통의 아들이 병에 걸리는 바람에 오통의 가족 모두가 격리소에 수용되었다. 아이의 어머니는 격리소에서 나온 지 얼마 지나지 않아 다시 들어갔다. 아들의 몸에서 증세를 발견하자마자 판사는 정해진 규칙에 따라 리외를 불렀다. 그가 도착해 보니 부모는 침대 끝에 서 있고, 막내딸은 멀찌감치 떨어져 있었다. 어린아이는 완전히 쇠약해져 있어서 진찰에 몸을 맡긴 채 신음조차 내지 못했다. 의사는 고개를 들며 판사의 시선, 그리고 어머니의 창백한 얼굴과 마주쳤다. 어머니는 뒤에서 손수건을 입에 댄 채 눈을 크게 뜨고 의사의 행동을 지켜보고 있었다.

"그건가요?" 치안판사는 냉정한 투로 물었다.

"네." 리외가 아이를 다시 내려다보며 대답했다.

오통 부인의 눈은 휘둥그레졌지만, 여전히 아무 말도 하지 않았다. 잠자코 있던 판사가 잠시 후 낮은 목소리로 말했다.

"그렇다면 선생님, 규정대로 합시다."

리외는 여전히 손수건을 입에 대고 있는 아이 어머니를 보지 않으려고 애썼다.

"오래 걸리지 않아요." 그는 망설이면서 물었다. "전화 좀 써도 될까요?"

오통이 그를 안내하겠다고 했지만, 의사는 그의 아내에게 몸을 돌리고 말했다.

"죄송합니다. 아내분께서도 짐을 챙기셔야 할 것 같습니다. 왜 그런지는 알고 계시죠?"

아내는 망연자실해 보였다. 그녀는 고개를 숙인 채 바닥을 내려다보고 있었다.

"네, 그러려던 참입니다." 그녀가 고개를 끄덕이며 말했다.

그들과 헤어지기 전, 리외는 필요한 것이 없느냐고 물었다. 부인은 말없이 계속 쳐다보았지만 판사는 눈길을 피했다.

"없습니다. 하지만 우리 아이는 좀 살려 주세요." 그는 침을 삼키며 그렇게 말했다.

초기에 예방 격리는 매우 형식적인 것에 불과했지만, 리외와 랑베르에 의해 매우 엄격하고 체계적인 조직으로 개편되었다. 그들은 특히 가족 구성원을 분리해서 격리해야 한다고 주장했다. 만약 가족 중 한 명이 모르는 사이에 전염되었을 경우, 병이 번질 가능성을 애초에 차단해야 했기 때문이다. 리외는 그러한 이유를 판사에게 설명했고, 판사 역시 일리가 있다고 생각했다. 그러나 오통 부부가 서로 마주 보는 시선에서 그 이별이 서로에게 얼마나 당혹스러운 일인지 알 수 있었다. 오통의 아내와 어린 딸은 랑베르가 관리하는 격리 호텔에 머물 수 있었다. 그러나 치안판사는 도청 당국이 도로관리과에서 천막을 빌려 시립 운동장에 설치한 수용소밖에 갈 곳이 없었다. 리외가 양해를 구하자 규칙은 모든 사람에게 평등해야 한다며 그에 따르겠다고 말했다.

오통의 아들은 예전에 교실이었던 보조 병원으로 이송되었다. 그곳에는 침대 열 개가 갖춰져 있었다. 약 20시간이 지난 후, 리외는 아이의 상태가 절망적이라고 진단했다. 아이는 제대로 저항도 못 하고 병균에 잡아먹히고 있었다. 림프샘 멍울은 막 생기기 시작해 눈에 보일까 말까 했지만, 가냘픈 사지를 마디마디 틀어막고 환자를 고통스럽게 했다. 이미 진 싸움이었다. 리외가 카스텔의 혈청을 아이에게 시험하기로 한 까닭도 그런 이유에서였다. 그날 저녁 식사 후, 오랫동안 접종했지만 아이는 전혀 반응하지 않았다. 새벽이 되자 모두가 어쩌면 결정적일지도 모를 실험 결과를 보기 위해 아이 곁으로 모였다.

아이는 마비 상태에서 벗어나 경련하듯 침대 시트 안에서 몸을 뒤틀고 있었다. 의사 리외와 카스텔, 타루는 새벽 4시부터 아이 곁에서 병세의 진행 혹은 휴지(休止) 상태를 신중하게 지켜보고 있었다. 리외는 침대 발치에 서 있었고, 카스텔은 그 곁에 앉아서 나름의 침착한 태도로 오래된 책을 읽고 있었다. 예전에는 교실로 쓰던 병실 안으로 햇살이 조금씩 퍼질 즈음, 다른 이들이 도착했다. 파늘루 신부가 타루 맞은편에 서서 벽에 기댔다. 힘들어 하는 표정이 얼굴에 그대로 드러났다. 매일 몸 바쳐 일하느라 피로가 누적되었는지 붉게 상기된 이마에 주름이 팼다. 다음으로 조제프 그랑이 도착했다. 아침 7시였다. 그는 숨을 헐떡거리며 사과했다. 잠시밖에 시간이 없는데 혹시 확실히 밝혀진 부분이 있는지 물었다. 리외는 아무 말 없이 아이를 가리켰다. 아이는 눈을 감은 채 얼굴을 일그러뜨리고 있었다. 힘을 다해 이를 다물고, 부동자세로 베갯잇도 씌우지 않은 베개 위에서 고개만 좌우로 흔들 뿐이었다. 구석에 걸려 있는 칠판에서 오래전 적은 방정식의 흔적을 읽을 수 있을 정도로 날이 밝자 랑베르가 도착했다. 그는 옆 침대 끝에 등을 기대더니 담배를 꺼냈다. 그러나 아이를 잠시 보더니 담뱃갑을 도로 호주머니에 집어넣었다.

여전히 앉아 있던 카스텔은 안경 너머로 리외를 보았다.

"아이 아버지에게서 온 소식이 있나?"

"아니요. 격리 수용소에 있는 걸요." 리외가 말했다.

의사는 아이가 신음하고 있는 침대 팔걸이를 힘껏 움켜쥐었다. 그는 환자에게서 눈을 떼지 않았다. 아이의 몸이 갑자기 경직되더니 다시 한번 이를 악물고 사지를 천천히 사방으로 휘저었다. 아이는 허리가 휠 정도로 몸을 젖혔다. 군용 담요 아래 벌거벗은 어린 몸에서 모직 냄새와 시큼한 땀 냄새가 올라왔다. 아이의 몸이 조금씩 이완되더니 팔다리를 침대 중앙으로 모았다. 여전히 눈은 감고 입은 다물고 있었지만 호흡은 전보다 빨라졌다. 리외와 타루의 시선이 마주쳤지만, 타루는 이내 고개를 돌렸다.

몇 달 전부터 무시무시한 공포가 사람을 가리지 않고 휩쓸고 있던 터라 아이들의 죽음을 많이 겪었다. 그러나 그날 아침처럼 고통스러워하는 모습을 시시각각 지켜본 적은 없었다. 물론 죄 없는 아이에게 가해진 고통은 그 자체로는 반인륜처럼 느껴졌지만, 단지 추상적인 차원의 분노였다. 적어도 그전까지 죄 없는 아이가 죽음의 고통을 겪는 모습을 그렇게 오랫동안 지켜본 적이 없었기 때문이다.

아이는 위장을 물어 뜯기기라도 한 듯 가냘픈 신음을 내며 다시 몸을 구부렸다. 그렇게 한참을 웅크리고 있다가 자신의 야윈 몸이 페스트의 광풍에 꺾이자 찢어질 듯한 뜨거운 숨을 내쉬며 오한과 경련으로 몸을 바르르 떨었다. 돌풍이 지나자, 몸이 잠시 축 늘어지더니 열이 식었다. 헐떡이는 아이는 독을 품은 모래사장 위에 내던져진 듯했다. 그곳에서의 휴식은 죽음뿐인 듯했다. 열이 타오르듯 물결치며 세 번째로 다시 밀려와 몸을 약간 들어 올리자 아이는 움츠러들더니 자신을 태울 듯한 무시무시한 불길 때문에 공포에 휩싸여 침대 밑으로 파고들었다. 아이는 시트를 걷어차고 머리를 미친 듯이 휘저었다. 눈꺼풀 밑으로 굵은 눈물이 방울방울 솟아 납빛 얼굴 위로 흘러내렸다. 발작이 끝나자 아이는 기진맥진한 상태로 뼈만 남은 두 다리와 48시간 만에 살이 다 녹아 버릴 듯한 두 팔에 경련이 일었다. 아이는 난장판이 되어 버린 침대 위에서 십자가에 못 박힌 듯한 괴기한 자세를 하고 있었다.

타루는 몸을 숙여 묵직한 손으로 눈물과 땀으로 범벅이 된 아이의 작은 얼굴을 닦아 주었다. 조금 전부터 카스텔은 책을 덮고 환자를 주시하고 있었다. 그는 무어라 말을 시작했지만, 목이 잠겨 목소리가 잘 나오지 않아 헛기침을 하며 말을 끊었다.

"아침에 나타나던 일시적인 해열 현상도 보이지 않은 건가?"

리외는 없었다고 대답했다. 하지만 아이가 일반적일 때보다 더 오래 저항하고 있다고 덧붙였다. 파늘루 신부는 기운 없이 벽에 기댄 채 나지막한 목소리로 이렇게 말했다.

"어차피 죽는 거라면, 고통만 더 겪는 거지."

리외는 갑자기 신부를 향해 몸을 돌려 무슨 말을 하려다 이내 입을 다물었다. 자제하려고 애쓰는 모습이 역력했다. 그는 다시 아이에게 시선을 돌렸다.

방 안을 비추는 햇빛의 양이 늘어났다. 다른 다섯 개의 침대에서 약속이라도 한 듯 불분명한 형체들이 뒤척거리며 조심스럽게 신음을 냈다. 방 끝에 있는 환자만 고성을 질렀는데, 그것은 고통 때문이 아니라 오히려 뭔가에 놀라 짧은 탄성을 규칙적으로 내지르는 것 같았다. 환자들에게도 초기의 공포심은 사라진 듯했다. 이제는 병을 받아들이기로 상호 합의한 것 같았다. 하지만 오직 그 어린아이만이 온몸으로 몸부림치고 있었다. 리외는 필요에 의해서가 아니라, 아무것도 할 수 없다는 무력감에서 벗어나기 위해 맥을 짚었다. 눈을 감으면 자신의 솟구치는 피와 아이의 불안한 맥박이 뒤섞이는 것 같았다. 자신이 고통받고 있는 아이라도 된 것처럼 여겨져, 아직 남아 있는 힘을 다해 아이를 지지해 주려고 애썼다. 그러나 두 사람의 심장 박동은 잠시 하나로 합쳐졌다가 이내 어굿나며 아이는 리외에게서 빠져나갔다. 그는 가녀린 아이의 손목을 잠시 내려놓고 본래의 위치로 돌아왔다.

석회로 칠해진 벽을 따라 햇빛이 장밋빛에서 노란빛으로 변해 갔다. 유리창 뒤에서 아침의 열기가 달아올랐다. 그랑은 다시 오겠다고 말했지만, 그 말은 거의 들리지 않았다. 다들 기다렸다. 아이는 여전히 눈을 감고 있었지만, 조금 진정된 것처럼 보였다. 마치 짐승의 발톱처럼 되어 버린 두 손으로 천천히 침대 양 가장자리를 긁었다. 그 손들이 다시 무릎 근처의 담요를 긁더니 아이가 갑자기 두 다리를 꺾고 허벅지를 배 안쪽으로 잡아당겼다. 이때 미동도 하지 않던 아이가 갑자기 눈을 뜨고 앞에 있는 리외를 보았다. 잿빛 점토로 만든 듯 완전히 굳은 아이 얼굴의 움푹 파인 곳에서 입이 벌어지더니 기다릴 시간도 없이 외마디가 길게 터져 나왔다. 방 안을 가득 채운 아이의 비명은 숨을 쉴 때도 거의 변하지 않았고, 단조로운 불협화음의 항의처럼 들렸다. 인간의 소리라고 하기는 힘들었다. 마치 모든 인간이 한꺼번에 내뱉는 절규 같았다. 리외는 이를 악물었고, 타루는 고개를 돌렸다. 랑베르는 침대로 바짝 다가와 카스텔 옆에 섰고, 카스텔은 무릎 위에 펼쳐 놓은 책을 덮었다. 파늘루는 병으로 까맣게 타 버린 입, 그리고 시대의 비명으로 가득 찬 아이의 입을 바라보았다. 신부는 무릎을 꿇고 누구의 목소리라고 할 수도 없이 들려오는 신음에 맞춰 약간은 쉰 듯하지만 분명한 어조로 "주여, 이 가엾은 어린양을 구하소서!"라고 기도했다. 아무도 이를 이상하게 여기는 사람은 없었다.

아이는 계속 비명을 질렀다. 주변 환자들도 동요하기 시작했다. 방 저쪽 끝에서 연방 소리를 질러 대던 환자가 점점 소리를 높이더니 급기야 비명을 질렀다. 다른 환자들도 마찬가지였다. 흐느낌이 파도처럼 밀려와 파늘루의 기도를 삼켰다. 침대 난간을 꽉 쥐고 있던 리외는 피로와 무력감에 정신이 혼미해져 두 눈을 감았다.

그가 눈을 다시 떠 보니 타루가 곁에 와 있었다.

"저는 가 봐야겠어요." 리외가 말했다. "더는 견디기 힘드네요."

그런데 갑자기 다른 환자들이 조용해졌다. 그제야 의사는 아이의 비명이 잦아들고 있다는 것을 알아챘다. 비명이 완전히 멈추었다. 방금 결판이 난 전투의 머나먼 메아리처럼 그의 주위에서 신음이 나지막하게 들리기 시작했다. 싸움은 끝났다. 카스텔은 침대 반대편으로 가더니 이제 다 끝났다고 말했다. 아이는 입을 벌린 채 흐트러진 담요 위에 말없이 누워 있었다. 움푹 들어간 곳이 있어서 그런지 아이의 몸은 더 왜소해 보였다. 얼굴 여기저기에는 눈물 자국이 남아 있었다.

파늘루 신부가 침대로 가까이 가더니 신의 가호를 빌었다.

그런 다음 신부복을 여미고 중앙 통로로 빠져나갔다.

"전부 다시 시작해야 하나요?" 타루는 카스텔에게 물었다.

늙은 의사는 고개를 끄덕였다.

"그래야겠지. 어쨌거나 오래 견디기는 했군."

리외는 이미 병실을 나가고 있었다. 걸음도 서두르고 있는데다 표정도 심상치 않았다. 파늘루의 곁을 지나갈 때 그는 팔을 뻗어 리외를 붙잡았다.

"선생님."

리외는 감정을 추스르지 못하고 몸을 돌려 격앙되게 내뱉었다.

"아! 아이는, 적어도 이 아이에게는 아무 죄가 없었어요. 신부님도 잘 알고 계시겠지요!"

그러고는 다시 몸을 돌려 파늘루보다 먼저 건물을 나서더니 교정 구석으로 빠르게 사라졌다. 그는 먼지가 자욱한 나무 두 그루 사이의 벤치에 앉아 눈 속까지 흘러내린 땀을 닦았다. 계속 소리를 질러 가슴을 짓이기는 지독한 응어리를 풀고 싶었다. 열기가 무화과 나뭇가지 사이로 서서히 내려왔다. 푸르렀던 아침 하늘에 희끄무레한 구름이 순식간에 끼면서 공기가 더 답답해졌다. 리외는 벤치에 몸을 기대고 나뭇가지와 하늘을 올려다보며 천천히 호흡을 고르고 조금씩 피로를 달랬다.

"제게 왜 그리 화를 냈나요?" 뒤에서 목소리가 들렸다. "제게도 견디기 힘든 광경이었습니다."

리외는 파늘루를 향해 몸을 돌렸다.

"죄송합니다. 피곤하다 보니 어리석게 굴었습니다. 이 도시에선 분노 말고는 아무 생각이 들지 않을 때가 종종 있는 것 같습니다."

"이해합니다." 파늘루는 낮은 음성으로 말했다. "우리가 이해할 수 있는 범위를 넘어서니 분노가 끓어오를 테지요. 하지만 우리는 이해할 수 없는 것을 사랑해야만 하는지도 모릅니다."

리외가 벌떡 일어났다. 그는 모든 힘과 열정을 끌어 모아 파늘루를 쳐다보다가 곧 고개를 흔들었다.

"그렇지 않습니다, 신부님. 사랑에 대해 저는 생각이 조금 달라요. 아이들이 고통받는 세상이라면 저는 죽는 날까지 인정하지 않을 겁니다."

파늘루는 당황했다.

"아! 선생님. 저는 막 은총이 무엇인지 알았습니다." 그가 서글프게 말했다.

리외는 다시 벤치에 주저앉았다. 피로가 다시 밀려왔지만, 그는 더 온화한 말투로 말했다.

"저에게 그런 깨달음은 없습니다. 그렇다고 이 문제에 대해 신부님과 왈가왈부하고 싶지는 않네요. 우리는 신을 모욕하든 신에게 기도를 올리든 그 모든 것을 뛰어넘어 우리를 하나로 연결해 주는 어떤 것과 함께 일하고 있으니까요. 중요한 것은 그거죠."

신부는 이내 리외 가까이에 와 앉았다. 그는 깊이 감동한 듯 보였다.

"그렇습니다. 선생님도 저처럼 인간의 구원을 위해 일하고 계십니다."

리외가 애써 웃음을 지었다.

"인간의 구원은 제게 너무 거창한 단어입니다. 그렇게까지 깊이 생각하지는 않습니다. 제가 관심을 가지는 건 인간의 건강입니다. 무엇보다 건강이죠."

파늘루가 머뭇거렸다.

"선생님……."

그는 입을 다물었다. 그의 이마에서도 땀이 흐르기 시작했다. 신부는 "다음에 다시 뵙죠."라고 중얼거리며 일어섰다. 두 눈이 반짝이고 있었다. 그가 자리에서 일어나자 딴생각에 잠겨 있던 리외가 일어나서 그에게 한 걸음 다가갔다.

"다시 한번 용서를 구합니다. 앞으로는 그런 일이 없을 겁니다."

파늘루는 그에게 손을 내밀며 서글프게 말했다.

"저는 선생님을 설득하지도 못했습니다!"

"그게 무슨 상관인가요. 제가 증오하는 것은 바로 죽음과 병이라는 사실을 잘 알고 계시잖아요. 신부님이 원하든 원하지 않든 우리는 사람들을 고통으로 몰아넣는 그것들과 맞서 싸우기 위해 함께 있는 겁니다."

리외는 파늘루의 손을 붙잡고 있었다.

"보시다시피 신도 이제 우리를 떼어 놓을 수 없습니다." 그는 파늘루의 시선을 외면하며 말했다.

파늘루는 보건대에 들어온 이후, 병원과 페스트가 나타나는 장소를 한시도 떠나지 않았다. 그는 보건대원 사이에서 자신이 마땅히 있어야 할 자리, 다시 말해 최전선에 자리를 잡았다. 죽음의 광경을 끊임없이 봐야 했다. 혈청이 그를 보호하고 있었지만, 그렇다고 목숨이 안전한 것은 아니었다. 그는 평정심을 유지하고 있는 듯 보였다. 그러나 한 아이가 죽어가는 과정을 오랫동안 본 이후로 완전히 다른 사람이 되었다. 긴장하는 빛이 얼굴에 역력했다. 그가 미소를 지으며 리외에게 '사제가 의사의 진찰을 받을 수 있는가?'라는 주제로 요즘 소논문을 쓰고 있다고 말했을 때, 리외는 그것이 파늘루가 말하는 것보다 훨씬 심각한 점이 있다는 인상을 지울 수 없었다. 의사가 논문 내용을 궁금해하자, 파늘루는 남자 신도들의 미사에서 설교할 기회가 생겼는데 그때 몇 가지 자신의 견해를 밝힐 예정이라고 말했다.

"선생님도 오시면 좋을 것 같아요. 관심 있는 주제일 거예요."

신부의 두 번째 설교가 있던 날은 거센 바람이 불었다. 청중은 첫 설교 때보다 적었다. 오랑 사람들은 설교에서 새로운 매력을 느끼지 못했다. 그들이 직면한 비정상적인 상황 속에서 '새로움'이라는 단어는 모든 의미를 상실했다. 대부분의 사람은 종교적 의무를 완전히 저버리지도, 부도덕한 생활 방식과 완전히 결합하지도 않은 채 종교적 관습을 비합리적인 미신으로 대체했다. 그들은 미사에 참석하는 것보다 성 로크의 메달이라든가 부적 같은 것을 몸에 지니고 다녔다.

그들은 예언에 지나칠 정도로 관심이 높았다. 지난봄에는 전염병이 돌연 사라지기를 학수고대하면서도 병이 얼마나 더 지속될 지는 아무도 묻지 않았다. 병이 이렇게 오래가리라고는 생각하지 않았기 때문이다. 그러나 시간이 흐르면서 불행이 끝나지 않을지도 모른다는 불안이 싹트기 시작했다. 동시에 그들의 페스트가 하루빨리 끝나기를 희망했다. 그래서 점성술사들이나 성당의 성인(聖人)들이 쓴 예언서가 사람들 손에서 손으로 퍼졌다. 시중 인쇄업자들은 이를 한몫 잡을 기회로 여겨서 예언서를 대량으로 찍어 유통했다. 대중의 관심이 식지 않자 인쇄업자들은 시립 도서관에 소장된 이런 종류의 야사(野史)를 찾아 시중에 퍼뜨렸다. 야사로 충분치 않으면 기자들에게 비슷한 류의 글을 쓰게 했는데, 그 점에 대해 기자들은 지난 세기의 사람들만큼의 능력을 보여 주었다.

어떤 글은 신문에 연재되기도 했다. 그것은 전염병이 돌기 전에 게재되었던 연애 기사만큼 인기가 좋았다. 몇몇 예언은 연도, 사망자 수, 발병 기간 등이 포함된 기괴한 계산에 근거했다. 어떤 예언은 역사상 대규모로 발생한 페스트와 비교해 거기서 유사성(예언가들은 불변의 상수라 부른)을 밝혀냈다. 마찬가지로 괴상한 계산에 근거해 현재의 시련과 관련된 교훈도 끌어냈다. 가장 널리 인정받은 예언은 뭐니 뭐니 해도 묵시록적 예언이었다. 예언서에 등장하는 사건 하나하나의 내용이 복잡해 이렇게도 저렇게도 해석할 수 있었다. 따라서 충분히 현재 오랑 사람들이 겪고 있는 불행으로 해석할 수 있었다. 그래서 매일 노스트라다무스의 성녀 오딜의 이름이 사람들의 입에 오르내렸고, 이는 언제나 효과가 좋았다. 그런 예언들은 마지막에 가면 한결같이 사람들의 마음을 달랬다. 하지만 페스트만은 그렇지 않았다.

미신은 오랑 사람들에게 종교 역할을 했다. 따라서 파늘루 신부의 설교가 있던 날, 성당은 4분의 3밖에 차지 않았다. 그날 저녁, 리외가 도착했을 때 성당 입구의 문틈 사이로 한 줄기 바람이 불었다. 성당은 싸늘하고 적막했다. 리외는 남자들만 가득한 청중 사이에 자리를 잡고 연단에 오르는 파늘루 신부를 눈으로 좇았다. 신부의 목소리는 첫 번째 설교보다 신중하며 온화했다. 청중은 그가 무언가 주저하고 있다고 느꼈다. 그는 이제 '여러분'이라고 호명하지 않고 '우리들'이라고 지칭하고 있었다.

목소리는 서서히 확신에 찼다. 그는 먼저, 여러 달 전부터 페스트가 우리와 함께 있었기 때문에, 즉 그것은 우리의 식탁 또는 사랑하는 이들의 머리맡에 앉아 있거나, 우리 곁을 함께 걷거나, 일터에서 우리가 도착하기를 기다리고 있는 것을 수도 없이 보아 온 까닭에 우리가 페스트를 더욱 잘 알게 된 지금이야말로 설교의 적기라고 말했다. 페스트가 우리에게 전하고자 하는 바를 처음에는 경황이 없어서 알아듣기 힘들었지만, 지금은 잘 알게 되었기에 훨씬 더 잘 받아들일 수 있다고 재차 강조하며 설교를 시작했다. 같은 장소에서 지난번에 했던 설교는 여전히 진실한 것이며, 설령 그것이 진실하지 않다고 해도 그는 그렇게 믿고 있지만, 모든 사람에게 일어날 수 있는 일에 대해서 그는 일말의 자비심도 없이 설교한 것에 대해 후회하며 자신의 가슴을 쳤다. 그래도 변함없는 진실은, 모든 일에는 배울 점이 있다는 것이다. 가장 잔인한 시련조차 기독교인들에게는 은혜가 되는 법이다. 기독교인들이 이 시련에서 반드시 찾아야 할 것이 바로 은혜다. 그 은혜가 무엇으로 이루어졌는지, 은혜를 찾아낼 방법이 무엇인지 알아야 한다는 것이다.

바로 그 순간, 리외 주위에 앉아 있던 사람들이 의자 팔걸이에 몸을 기대며 가능한 한 편한 자세를 취하려고 했다. 가죽을 입힌 한쪽 출입문이 가볍게 흔들리며 소리가 났다. 누군가 일어나 문을 붙잡았다. 리외는 소동이 일자 주의가 산만해졌다. 파늘루 신부가 설교를 이어 갔지만, 귀에 들어오지 않았다. 페스트 때문에 생긴 상황을 논리적으로 설명할 필요는 없지만, 배울 수 있는 것은 배워야 한다는 것이 설교의 요지였다. 리외가 어렴풋이 이해한 바에 따르면 신부는 설명할 것이 전혀 없다고 생각하고 있었다. 그는 신의 뜻에 따라 세상에는 설명 가능한 것과 설명 불가능한 것이 있다고 강조했다. 이때부터 리외는 관심을 가지고 파늘루의 설교에 집중했다. 세상에는 선과 악이 있다. 또 그것들이 어떻게 다른지는 일반적으로 설명할 수 있다. 그러나 악을 구분하기는 쉽지 않다. 가령 필요악이 있고, 불필요한 악이 있다. 지옥에 빠진 '돈 후안'과 어린아이의 죽음이 그러한데, 방탕한 사람이 벼락을 맞는 것은 당연하지만 어린아이가 고통을 받는 것은 이해할 수 없기 때문이다. 어린아이가 겪는 고통과 그 고통이 파생한 공포, 그 공포의 이유보다 이 땅에 더 중요한 것은 없다. 삶의 나머지 부분에서 신은 우리에게 모든 것을 가능하게 하신다. 여기까지 보면 종교는 삶에 아무런 이바지를 하지 못한다. 반대로 어린아이가 겪는 고통의 문제에 다다르면 신은 우리를 막다른 길로 내몬다. 우리는 페스트라는 장벽 아래 있으며, 장벽이 드리운 그림자 속에서 은혜를 찾아야 했다. 그러나 파늘루 신부는 그 벽을 기어오를 수 있는 특권조차 거부했다. 그 아이를 기다리고 있는 영생의 환희가 이곳에서 아이가 겪은 고통을 보상해 줄 것이라고 말하는 것은 어렵지 않지만, 사실대로 말하자면 그는 아는 바가 없었다. 영원한 기쁨이 순간적 고통을 보상해 준다고 누가 감히 확신할 수 있겠는가. 그런 말을 하는 사람이 있다면 그는 진정한 기독교인이 아닐 것이다. 주님은 육체를 입고 이 땅에 내려와 그 고통을 몸소 겪었으니 말이다. 신부는 십자가의 고통을 상기하며 아이의 고통을 마주 보려 장벽 아래에 머물 것이다. 그는 오늘 자신의 설교를 듣기 위해 모인 성도들에게 이렇게 말하고 싶었다. "형제자매 여러분, 마침내 때가 되었습니다. 모든 것을 믿거나 모든 것을 부정해야 합니다. 그런데 누가 감히 모든 것을 부정할 수 있겠습니까."

리외는 이제 신부가 이단자가 되어 간다고 생각했다. 신부는 틈을 주지 않고 말을 이었다. 그는 이 명령, 이 순수한 요구야말로 기독교인이 입은 은혜라고 강력하게 주장했다. 이 또

한 기독교인의 미덕이라는 것이다. 자신이 말하고자 하는 미덕에는 과격한 면모가 있어서 전통적인 윤리관에 익숙한 많은 사람에게 충격을 줄 수 있다고 말했다. 그러나 페스트 시대의 종교는 여느 시대의 종교와 같을 수 없다고 강조했다. 행복한 시절에는 신도 영혼이 안식하고 즐거워하는 것을 허락하시고 나아가 그것을 원하시지만, 극도로 불행한 시절에는 영혼도 극단적이기를 바라신다는 것이다. 신은 오늘날 모든 미덕 가운데 가장 위대한 것을 습득하고 실천해야 할 시련을 그의 창조물들에게 주셨다. 전부이거나 아무것도 아닌 시련을.

지난 세기, 어떤 불경한 작자가 교회의 비밀을 폭로하겠다고 하면서 연옥(가톨릭 교리에서 죽은 사람의 영혼이 살아 있는 동안 지은 죄를 씻고 천국으로 가기 위해 일시적으로 머무른다고 믿는 장소)이 존재하지 않는다고 주장했다. 어중간한 것은 없고 오로지 천국과 지옥만이 있을 뿐이며, 사람은 자기의 선택에 따라 구원받거나 저주받는다는 것이다. 파늘루가 생각했을 때 그것은 방탕한 영혼의 이단적인 주장이었다. 연옥은 존재하기 때문이다. 그런데도 연옥을 지나치게 기대하면 안 되는 시대, 가벼운 죄에 대해 언급할 수 없는 시대가 있다. 모든 죄는 치명적이었고, 어떤 무관심은 죄가 되었다. 그것은 전부이거나 아무것도 아니었다.

파늘루가 말을 멈추자, 리외는 문틈 사이로 새어 들어오는 바람의 신음을 또렷하게 들었다. 바람은 더욱 거세지는 것 같았다. 그때 신부의 목소리가 다시 들렸다. 신부는 자신이 지금까지 말한 미덕을 협소한 의미로 받아들여서는 안 된다고 강조했다. 그것은 진부한 체념도, 어려운 겸손도 아니었다. 그것은 복종이었지만, 복종하는 사람이 동의하는 복종이었다. 물론 아이가 고통을 당한다는 것은 정신적으로든 정서적으로든 우리에게 굴욕을 안겨 준다. 그러나 우리는 그 속으로 걸어가 복종해야 한다고 했다. 파늘루는 자신이 말하고자 하는 것이 표현이 어렵다고 청중에게 양해를 구하며, 신이 원하기 때문에 우리는 이러한 시련을 받아들여야 한다고 말했다. 그러므로 기독교인만이 오로지 몸을 사리지 않을 것이며, 모든 출구가 막혀 있어도 근원적인 선택을 할 수 있다는 것이다. 기독교인은 모든 것을 부정하지 않기 위해 모든 것을 믿는 쪽을 선택할 것이다. 지금 이 순간에도 모든 성당에서 용감한 여성들이 림프샘 멍울이 생기는 것이 몸에서 감염을 몰아내는 자연스러운 방법임을 깨닫고 "주여, 그에게 멍울을 주시옵소서."라고 기도하듯, 기독교인들은 신의 뜻이라면 이해할 수 없다 하더라도 자신을 내맡길 수 있어야 한다고 했다. "이해할 순 있지만 받아들일 순 없다."라고 말할 수 없다는 것이다. 우리에게 주어졌지만 받아들이기 힘든 그 한가운

데로 향해야 한다. 우리에게 선택지는 없다. 어린아이들의 고통은 우리에게 고난의 빵이지만, 그 빵이 없으면 우리의 영혼은 영적 굶주림으로 죽고 만다는 것이다.

파늘루 신부가 설교를 중단할 때마다 나지막한 소음이 들렸다. 신부는 갑자기 청중이라도 된 듯 "그러면 우리는 어떻게 행동해야 하는가?"라고 질문했다. 자신은 사람들이 운명론이라는 추잡한 말을 입에 올릴 것이며, 그 단어에 '능동적'이라는 수식을 붙일 수 있다면 자신도 그 단어를 마다하지 않을 것이라고 했다. 지난번에 언급했지만, 아비시니아 기독교인들을 흉내 내서는 안 된다. 그뿐만 아니라 하늘을 우러러 신이 내린 악에 맞서려고 하는 불신자들에게 페스트를 보내 달라며 큰 소리로 기도하면서, 기독교인들의 보건대를 향해 자신들이 입고 있던 옷을 벗어 던지던 페르시아의 페스트 환자들을 흉내 낼 생각은 추호도 하지 말아야 한다고 했다. 그렇다고 지난 세기 전염병이 유행하던 때 병균이 잠복할 수 있는 축축하고 따뜻한 입술과 접촉을 피하려고 핀셋으로 영성체 빵을 집어 주면서 영성체를 집전(執典)하던 카이로의 성직자들을 따라 해서도 안 된다고 했다. 그 성직자들 역시 페르시아의 환자들과 마찬가지로 죄를 지은 것이다. 페르시아의 경우 아이의 고통은 고려하지 않았기 때문이며, 카이로의 성직자들은 고통에 대한 인간적인 공포에 완전히 사로잡혔기 때문이다. 이 두 경우 모두 신의 목소리를 귀담아듣지 않은 것이다. 파늘루는 또 다른 예를 상기시켰다. 마르세유에서 발생한 대규모 페스트에 대한 기록에 따르면, 메르시 수도원의 수도승 81명 가운데 겨우 네 명만이 살아남았으며, 살아남은 자들 가운데 세 명은 도망쳤다. 기록자들은 여기까지만 기록했지만, 그 이상 적는 것은 기록자의 일이 아니었다. 그러나 파늘루 신부는 이 기록을 읽으면서 79구의 시체들 속에 파묻히고, 심지어 동료 세 명이 도망갔음에도 불구하고 홀로 남아 있던 단 한 명의 수도승에 대해 생각하게 된다고 했다. 그는 설교대 가장자리를 주먹으로 두드리면서 외쳤다. "형제자매 여러분, 우리는 남은 한 사람이 되어야 합니다."

재앙이 초래한 무질서에 대응하기 위해 사회 구성원들이 채택한 예방책과 현명한 질서를 거부하라는 이야기가 아니다. 무릎을 꿇고 모든 것을 포기해야 한다는 도덕가의 말에 현혹되어서도 안 된다. 칠흑같이 어둡더라도 더듬더듬 앞으로 나아가며 선행에 힘써야 한다. 그러나 나머지 것들, 어린아이의 죽음까지도 개인의 힘에 의존하지 말고 신의 섭리에 맡겨야 했다.

이 대목에서 신부는 마르세유에 페스트가 유행하던 당시 벨정스 주교를 언급했다. 페스트가 끝날 무렵, 주교는 할 수 있는 일을 다했다. 이제 전염병을 치료할 다른 방도가 없는 것 같았다. 주교는 양식을 준비한 후, 벽을 높이 쌓고 집에 틀어박혔다. 그러자 그를 숭배하던 성도들은 그를 증오하기 시작했다. 분노한 성도들은 주교를 전염시키기 위해 그의 집 주위에 시체를 쌓아 올리거나 더 확실히 죽이기 위해 담 너머로 시체를 던지기도 했다. 남은 것이라고는 나약함뿐이던 주교는 벽을 쌓으며 자신은 죽음의 세계로부터 멀리 벗어났다고 생각했겠지만, 실제로는 시체들이 하늘에서 자신의 머리 위로 비처럼 쏟아졌다. 우리도 이와 같다. 페스트가 점령한 이곳에서 완전히 안전한 외딴섬은 없다는 것을 잊으면 안 된다. 중간은 없다. 우리는 이 딜레마를 받아들여야 한다. 신을 증오하든가 신을 사랑하든가 둘 중 하나를 선택해야 한다. 그런데 감히 누가 신을 증오하겠는가.

"나의 형제들이여……" 파늘루가 마침내 결론을 내리겠다고 말했다. "신을 사랑하는 것은 매우 힘든 일입니다. 자신을 신에게 전적으로 내맡기기 위해 자기 정체성을 비워야 하는 일입니다. 그것만이 아이들이 겪는 고통과 죽음을 없앨 수 있습니다. 오로지 사랑만이 죽음을 필연으로 만들 수 있습니다. 우리는 아이들의 죽음을 이해할 수 없기에 그것이 필연적이기를 바랄 뿐입니다. 제가 여러분과 나누고자 했던 것은 바로 신앙심입니다. 신앙심은 인간이 보기에는 잔인한 듯 보이지만 신이 보시기엔 확고한 믿음입니다. 우린 이런 믿음에 가까이 다가가야 합니다. 참혹해 보이는 그곳으로 도달할 수 있어야 합니다. 정상에 다다르면 모든 것이 하나로 동등해질 것이며, 허울뿐인 불의에서 진리가 샘솟을 것입니다. 프랑스 남부 지방의 수많은 성당에서는 수 세기 전부터 페스트로 죽어간 사람들이 교단의 포석 아래 잠들어 있으며, 사제들은 그들의 무덤 위에서 설교하고, 그들이 전하는 영성은 아이들이 포함된 그 죽음의 유해로부터 솟아나는 것입니다."

리외가 밖으로 나오자, 거친 바람이 반쯤 열린 문 사이로 밀려 들어와 신자들의 얼굴을 정면으로 후려쳤다. 바람을 타고 비 냄새와 축축하게 젖은 보도 냄새가 성당 안으로 들어왔다. 성도들은 밖으로 나가기도 전에 도시의 모습을 짐작할 수 있었다. 리외 앞에서는 금방 밖으로 나온 늙은 신부와 젊은 부사제가 바람에 날리는 모자를 붙들고 있느라 애를 먹고 있었다. 그 와중에 늙은 신부는 파늘루의 설교에 자꾸 토를 달았다. 그의 웅변술에 경의를 표하면서도 대담한 내용에는 우려를 드러냈다. 그의 설교에는 전능함보다 불안함이 더 많이 담겨 있었는데, 그 정도 연륜의 성직자는 불안을 느끼면 안 된다고 지적했다. 젊은 사제는 바람을 피하느라 고개를 숙인 채 자기는 파늘루 신부와 자주 접촉해서 그의 사상 변화를 잘 알고 있는데, 이번 논문은 훨씬 더 대담해 아마 교회 당국의 출판 허가를 받지 못할 것이라고 단언했다.

"그의 사상이란 게 대체 무엇인가?" 늙은 신부가 물었다.

그들은 이미 성당 앞 광장에 도착했다. 바람이 울부짖는 소리를 내며 그들을 휘감았다. 부사제는 바람 때문에 말을 할 수 없었다. 바람이 조금 잦아들자 젊은 사제는 이렇게 말했다.

"만일 신부가 의사의 진찰을 받는다면 그건 모순이라는 겁니다."

타루는 리외로부터 파늘루의 설교 내용을 전해 들었다. 타루는 전쟁통에 두 눈을 잃은 청년의 얼굴을 보고 신앙심을 잃어버린 어떤 신부를 알고 있다고 말했다.

"파늘루 말이 맞아요. 죄 없는 자가 두 눈을 잃었을 때, 기독교인이라면 신앙을 잃거나 눈을 잃은 자신을 받아들여야 하죠. 파늘루는 신앙을 잃기를 원하지 않으니까 끝까지 간다는 거죠. 그가 하려던 말이 바로 이거예요."

이러한 타루의 견해가 이후 벌어진 불행한 사건들, 즉 이해할 수 없는 파늘루의 행동을 설명하는 데 도움이 될 수 있을까? 그것은 각자가 판단할 몫이었다.

며칠 후, 파늘루는 이사하느라 바빴다. 병이 퍼지자 당시 시내는 이사가 끊이지 않았다. 타루가 호텔을 떠나 리외의 집에 머물러야 했듯 신부 역시 교구에서 마련해 준 집을 떠나야 했다. 그는 교회 신자이자 아직 페스트로부터 무사한 나이든 부인 집에 머무르기로 했다. 거처를 옮기는 동안 그의 피로와 불안은 더 심해졌다. 그 부인이 성녀 오딜의 예언이 잘 맞는다고 떠들어 대자, 신부는 피곤한 탓인지 살짝 귀찮은 내색을 드러냈다. 그때부터 집주인은 신부에 대한 존경심을 거두었다. 신부는 중립적인 호의라도 얻어 볼까 애썼지만, 좋지 않은 인상을 이미 주었던 터라 쉽지 않았다. 저녁마다 거실에 앉아 있는 여주인의 등을 물끄러미 쳐다보고 있으면 그녀는 뒤도 돌아보지 않고 쌀쌀맞게 "안녕히 주무세요, 신부님."이라고 인사를 건넸다. 그러면 신부는 뜨개질로 만든 레이스가 치렁치렁한 자기 방문으로 들어갔다. 그러던 어느 날, 그가 자리에 누우려는데 머리가 아프면서 며칠 전부터 계속되던 미열이 손목과 관자놀이로 폭발하는 것 같은 느낌을 받았다.

이후에 있었던 일은 여주인의 말을 통해 알려진 것밖에 없다. 그녀는 늘 그렇듯 그날 아침에도 일찍 일어났다. 시간이 한참 흘렀는데도 신부가 나오지 않자, 놀란 그녀는 한참 망설인 끝에 방문을 두드렸다. 뜬눈으로 밤을 보낸 신부는 여전히 잠자리에 누워 있었다. 숨을 제대로 쉬지 못했고, 얼굴은 붉게 상기되어 있었다. 부인의 표현에 따르면 공손하게 의사를 부르자고 제안했더니 어찌나 거세게 거절하던지 서운한 마음이 들 정도였다고 한다. 그래서 어쩔 수 없이 부인은 방에서 물러났으나 잠시 후 신부가 벨을 눌러 그녀를 다시 불렀다. 그는 짜증을 낸 것에 대해 사과하고는 페스트 증상은 보이지 않으며 단지 피로한 것뿐이라고 말했다. 노부인은 자신의 안위는 신에게 맡겼으니 개의치 않는다고 설명하며, 그런 이유로 의사를 부르자고 한 것이 아니라 신부님의 건강에 자신도 일정한 책임이 있기에 오로지 신부의 안위를 염려한 제안이었다고 말했다. 신부가 아무런 대답도 하지 않자, 부인은 자신의 소임을 다하기 위해 다시 한번 의사를 부를 것을 제안했으나 신부는 이내 거절했다. 대신 이번에는 이런저런 설명을 덧붙였지만, 노부인은 그의 말을 알아들을 수 없었다. 그녀가 대충 이해한 바로는, 사실 가장 이해할 수 없는 부분이기도 했는데, 진찰이 자신의 소신과 어긋난다는 것이었다. 그래서 부인은 열 때문에 신부의 판단력이 흐려졌다고 여기며 약차를 한 잔 끓여 주고 말았다는 것이다.

부인은 자기의 의무를 정확하게 이행하겠다는 사명으로 두 시간마다 환자를 들여다보았다. 인상적이었던 것은 낮 동안에 신부는 열에 들뜬 상태였다는 것이다. 그는 이불을 걷어 찼다가 다시 끌어당기기를 반복하면서 땀에 젖은 이마에 끊임없이 손을 가져다 댔다. 때때로 그는 침대에 일어나 앉아서 목구멍을 깨끗하게 하려는 듯 거칠게 헐떡이며 기침했다. 그때마다 마치 자신을 질식시키고 있는 내부의 솜뭉치를 뽑아내기 위해 애쓰는 것 같았다. 그런 발작을 몇 번 되풀이한 후, 완전히 탈진해 뒤로 나자빠졌다. 결국 그는 몸을 반쯤 일으켜 세우고는 조금 전 발작보다 더 맹렬한 기세로 정면을 응시했다. 노부인은 의사를 부를까 고민했지만 환자가 노여워할 것 같아 주저했다. 보기에는 심각해 보여도 어쩌면 단순한 고열일 수 있다고 생각한 것이다.

오후에는 신부에게 말을 걸어 보았다. 그는 횡설수설했다. 부인은 다시 한번 제안했지만, 신부는 자리에서 일어나 반쯤 목이 막혀 숨 막히는 상태로 의사를 원하지 않는다고 또박또박 말했다. 부인은 다음 날 아침까지 기다려도 증세가 호전되지 않는다면, 랑스도크 통신사에서 라디오로 매일 10여 차례 광고하는 전화번호로 신고를 해야겠다고 마음먹었다. 언제나 자신의 임무에 최선을 다했던 부인은 밤사이에도 환자를 들여다볼 생각이었으나 저녁때 신부에게 약차를 한 잔 건네고 잠시 눕는다는 게 깨어 보니 이튿날 새벽이었다. 그녀는 신부의 방으로 달려갔다.

신부는 움직이지 않았다. 지난밤에는 얼굴이 그토록 붉더니 이제는 납빛으로 변해 있었다. 신부는 침대 바로 위에 매달린 램프의 구슬 장식을 뚫어지라 보고 있었다. 부인이 들어가자 신부는 고개를 돌려 그녀를 보았다. 그녀의 말에 따르면 밤새 고통에 시달려 몸을 가눌 힘조차 남아 있지 않은 것 같았다. 부인이 상태를 묻자 그는 이상하리만치 담담한 어조로 더 나빠지고 있지만, 의사의 도움은 필요하지 않고 규칙대로 자기를 병원으로 이송해 주기만 하면 된다고 했다. 노부인은 겁에 질려 전화기로 달려갔다.

정오가 되어 리외가 도착했다. 리외는 파늘루가 한 말이 맞으며 너무 늦은 것 같다고 집주인에게 전했다. 신부는 담담한 태도로 그를 맞이했다. 진찰을 해 보니 폐에 울혈(몸 안의 장기나 조직에 정맥의 피가 몰려 있는 증상)과 호흡 곤란 증세가 있는 것 말고는 놀랍게도 림프샘 페스트 또는 폐렴형 페스트의 주요 증상을 하나도 발견할 수 없었다. 그러나 맥박이 너무 약하고 전반적인 상태를 봤을 때, 그가 위험에서 살아날 가망은 극히 없어 보였다.

"페스트의 주요 증상은 하나도 없어요." 그가 파늘루에게 말했다. "하지만 의심스러운 부분이 있어서 격리는 해야 합니다."

신부는 예의상 미소를 지었을 뿐 별다른 말은 하지 않았다. 리외는 전화를 걸고 돌아와 신부를 보며 부드럽게 말했다.

"제가 곁에 있겠습니다."

신부는 약간 기운이 나는 듯 고개를 돌려 의사를 보았다. 그러고는 힘들게 입을 열었는데, 그가 슬픔에 잠겨 있는 것인지 아닌지 분간할 수 없었다.

"감사합니다. 하지만 성직자에게는 친구가 없습니다. 신에게 모든 것을 맡겼으니까요."

그는 침대 맡에 둔 십자가를 달라고 하더니 그것을 손에 쥐고 응시했다.

병원에서도 파늘루는 입을 열지 않았다. 그는 모든 치료에 자신을 수동적인 상태로 몸을 맡기면서도 십자가는 놓지 않았다. 신부의 증세는 여전히 모호했다. 리외는 의문이 끊이지 않았다. 페스트 같기도 하고 아닌 것 같기도 했다. 게다가 얼마 전부터 페스트는 정확한 예측을 벗어나는 것에 재미를 붙인 듯했다. 그러나 파늘루의 경과를 지켜보면서 그런 불확실성도 사실 중요하지 않다는 것을 알 수 있었다.

열이 높아졌다. 기침은 더 거칠어지면서 온종일 환자를 괴롭혔다. 저녁이 되자 마침내 신부는 그를 숨막히게 했던 솜뭉치를 토해 냈다. 그것은 피로 물들어 있었다. 열이 오르는 와중에도 파늘루는 담담한 시선을 유지했다. 다음 날 침대 밖으로 몸이 반쯤 엎어진 채 죽어 있는 그를 사람들이 발견했을 때도 그의 얼굴에는 어떤 표정도 담겨 있지 않았다. 그의 카드에는 이렇게 기록되었다. '불확실한 사례.'

그해 만성절(하늘에 있는 모든 성인을 흠모하고 찬미하는 축일)은 여느 때와 달랐다. 늦더위가 물러가고 갑자기 선선해져서 예년 기온을 되찾았다. 바람도 제법 차가워졌다. 지평선 위로 둥둥 떠다니던 커다란 구름이 집들 위로 그늘을 드리웠다. 구름이 지나가고 나면 11월의 하늘에서 황금빛 차가운 빛이 내려왔다. 비옷이 거리에 처음 등장하기 시작했다. 고무를 입혀 반들거리는 비옷이 놀랄 만큼 눈에 띄었다. 200년 전 프랑스 남부 지방에 대규모 페스트가 유행했을 때, 의사들이 안전을 위해 기름 먹인 옷을 입었다는 이야기가 신문에 보도된 적이 있었다. 상인들은 그 기사를 이용해 재고 상품을 팔아 치웠다. 사람들은 그 옷을 사며 면역력이 생기기를 기대했다.

그렇다고 이 모든 계절적 특징들이 만성절에도 묘지를 찾는 사람들이 없다는 사실을 잊게 하지는 못했다. 예년 같았으면 전차에 국화꽃 냄새가 역겨울 정도로 진동했고, 여자들은 줄지어 가족의 무덤을 방문해 꽃을 놓았을 것이다. 만성절은 고인 곁에 가서 오랫동안 잊고 지낸 자신들의 직무 유기를 참회하는 날이었다. 그러나 전염병이 있던 해에는 그들이 죽음을 상기하기를 바라지 않았다. 사실 그들은 죽음에 대해 너무 많이 생각하고 있었기 때문에 굳이 다시 후회하며 우울한 심정으로 그들을 찾을 필요가 없었다. 망자들은 일 년에 한 번씩 찾아가 용서를 구해야 하는 버려진 존재가 아니었다. 그들은 이제 망각하고 싶은 불청객이었다. 따라서 그해 만성절은 적당히 넘어갔다. 타루의 수첩에 따르면 코타르는 점점 비아냥거리는 말투로 하루하루가 만성절이라고 말했다.

사실 페스트라는 소용돌이는 화장터에서 더욱 즐겁게 타오르고 있었다. 사망자 수가 하루가 다르게 증가하는 것은 아니었다. 그러나 절정의 위치에 편안히 자리를 잡고 성실하게 일하는 공무원처럼 매일 자행하는 살인이라는 업무에 정확성과 규칙성을 부여한 것 같았다. 전문가들은 원칙적으로는 좋은 징조라고 분석했다. 상향 곡선만 그리던 페스트가 이제 안정세를 유지하고 있었기에 의사 리샤르에게 이는 고무적인 상태로 보였다. 그는 "훌륭한 그래프입니다."라고 종종 말했다. 전염병이 안정기에 접어들었다고 판단했기 때문이다.

그의 견해에 따르면, 이제 페스트는 쇠퇴하는 길만 남았다. 그는 카스텔의 혈청 덕분이라고 생각했다. 실제로 예상치 못한 효과가 있기는 했다. 늙은 의사 카스텔도 그것을 부인하지는 않았지만, 역사적으로 볼 때 페스트는 예상 밖으로 새롭게 재개되는 경우가 종종 있었기에 섣불리 예측하기는 이르다고 생각했다. 페스트로 말미암아 민심이 오랫동안 안정되지 않자, 도청은 의사들의 의견을 듣기 위해 회의를 소집할 요량이었다. 그러나 전염병 증상이 안정세에 돌입한 그때, 의사 리샤르가 페스트로 사망하고 말았다.

충격적이었지만 그렇다고 확실한 것은 아무것도 없는 상황에서, 낙관론을 수용하던 행정 당국은 경솔하게도 리샤르의 죽음을 계기로 비관적 입장을 취했다. 카스텔은 혈청을 마련하는 일에 최선을 다했다. 공공장소 중에 병원이나 검역소로 개조되지 않은 곳은 한 군데도 없었지만, 도청 건물은 본래의 상태를 유지했다. 사람들이 모일 수 있는 장소 하나쯤은 남겨 둬야 했기 때문이다. 그즈음 페스트는 비교적 안정된 상태였기 때문에 리외가 꾸린 조직에서 일손이 모자라는 일은 발생하지 않았다. 의사들과 봉사자들은 이미 탈진할 정도로 노력하고 있었고, 더 많은 애를 쓸 상황은 아니었다. 그들은 거의 초인적인 힘으로 매일 주어진 일을 꾸준히, 규칙적으로 해야만 했다. 폐렴형 페스트의 전염은 마치 바람이 사람들의 가슴에 불을 붙여 놓고 부채질하듯 도시 전체로 퍼지고 있었다. 환자들은 피를 토하며 전보다 빠르게 죽었다. 질병이 새로운 양상으로 발전함에 따라 전염 위험은 커졌다. 사실 그 점에 있어 전문가들의 소견은 제각각이었다. 그래도 안전을 기하기 위해 보건대원들은 언제나 소독한 거즈 마스크를 착용했다. 정황상 페스트는 확산될 것 같았다. 그러나 림프샘 페스트 환자는 줄어들어 사망자 수는 평균을 유지했다.

시간이 지나자 식량 보급 문제가 불거졌다. 투기까지 가세해 식료품 가격이 터무니없이 올라갔다. 가난한 가정은 매우 힘든 상황에 봉착했지만, 부유한 가정은 부족한 것이 거의 없었다. 페스트의 공정함으로 말미암아 사람들의 평등 의식이 고양될 수도 있었겠지만 사람의 본성, 즉 이기심 때문에 페스트는 오히려 부당하다는 감정만 부추겼다. 물론 죽음이라는 불변의 평등이 있었지만, 그런 평등 따위는 원하지 않았다. 굶주림에 허덕이는 가난한 사람들은 더욱 향수에 젖었으며, 생활이 자유롭고 빵도 비싸지 않은 이웃 도시와 시골 마을을 부러워했다. 논리적이지는 않지만, 식량을 충분히 공급해 줄 것이 아니라면 도시를 떠날 자유라도 허용해야 한다고 생각했다. 그러더니 급기야 "빵 아니면 신선한 공기를!"이라는 구호가 퍼졌다. 도지사가 지나갈 때 이를 외치거나 벽보로 만들기도 했다. 이 구호를 시작으로 시위가 일었지만 곧 진압되었다. 그러나 사태의 심각성은 모두가 알고 있었다.

　신문들은 그들에게 내려진 낙관적인 보도 지침에 무조건 복종했다. 신문은 당시의 상황을 사람들이 보여 주는 '평온하고 침착한 감동적인 모범 사례'로 특징지었다. 그러나 폐쇄된 도시에서 영원한 비밀은 없었다. 공동체가 보여 주는 '모범 사례'라는 호도에 아무도 속지 않았다. 평온함과 침착함을 정확하게 이해하기 위해서는 행정 당국에서 마련한 예방 격리소나 격리 수용소의 사례를 보는 것만으로 충분했다. 화자는 다른 일 때문에 두 곳을 가 보지 못했기에 타루가 수첩에 적어 놓은 경험담을 이야기할 수밖에 없을 것 같다.

　실제 타루의 수첩에는 그가 랑베르와 함께 시립 운동장에 설치된 수용소를 방문한 일화가 기록되어 있다. 운동장은 시의 출입문 근처에 있어서 한쪽은 전차들이 다니는 거리에, 다른 쪽은 도시가 자리 잡은 고원 가장자리까지 펼쳐져 있는 허허벌판에 걸쳐져 있었다. 운동장에는 시멘트 담이 높이 쳐져 있어서 출입구 네 곳에 보초를 세우면 탈출할 수 없었다. 예방 격리된 가엾은 사람들은 그 담 덕분에 외부 사람들의 호기심에서 벗어날 수 있었다. 그러나 반대로 수용소에 갇힌 이들은 온종일 보이지도 않는 전차가 지나는 소리를 들었다. 웅성거림이 커지면 출퇴근 시간이라고 짐작하며 자기들을 격리한 세상이 불과 몇 미터 떨어진 곳에서 계속 진행되고 있음을 느꼈다. 시멘트 담이 이 두 세상을 서로 다른 행성보다 더 낯설게 가르고 있었다.

타루와 랑베르가 시립 운동장 쪽으로 가기로 한 날은 어느 일요일 오후였다. 축구 선수인 곤잘레스도 그들과 함께였는데, 랑베르가 곤잘레스를 다시 만나 운동장을 교대로 감시해 달라고 부탁했다. 곤잘레스는 이를 수락했고, 그를 수용소 책임자에게 소개해야 했다. 두 사람과 만났을 때, 곤잘레스는 페스트가 발생하기 전이었다면 유니폼으로 갈아입고 있을 시간이라고 말했다. 그러나 운동장이 강제 점거된 지금은 그럴 수 없어서 완전히 쓸모없는 사람이 된 것 같으며, 본인도 그렇게 생각했다. 그런 이유로 주말 근무 조건으로 감시 업무를 수락한 것이다. 하늘에는 구름이 반쯤 끼어 있었다. 곤잘레스는 비도 오지 않고 덥지도 않은 이런 날씨가 시합하기에 제일 적당하다며 애석해했다. 그는 탈의실의 물파스 냄새, 무너질 듯 가득 찬 관중석, 황갈색 경기장을 누비는 원색 운동복, 전반전이 끝나고 마시는 레몬주스나 바싹 마른 목구멍을 마치 수천 개의 바늘로 콕콕 쏘는 듯 시원한 탄산수 같은 기억들을 떠올렸다. 파헤쳐진 변두리 길을 따라 이동하는 동안 곤잘레스는 발에 걸리는 돌마다 뻥뻥 걷어찼다. 그는 돌멩이를 한 번에 하수구로 넣으려고 시도하며 성공하면 "1 대 0!"이라고 외쳤다. 그는 담배를 다 피운 뒤 꽁초가 바닥으로 떨어지기도 전에 재빨리 발로 찼다. 경기장 근처에서 놀고 있는 아이들이 그들 쪽으로 공을 보내자, 곤잘레스는 몸을 움직여 공이 날아온 쪽으로 정확히 되받아 찼다.

마침내 그들은 경기장에 들어섰다. 관중석은 사람들로 꽉 차 있었다. 하지만 운동장은 수백 개의 붉은 천막으로 뒤덮여 있었다. 천막 안에 있는 침구와 보따리 같은 것이 멀리서도 보였다. 관중석은 덥거나 비가 오는 날씨에 수용자들이 몸을 피신할 수 있도록 그대로 놔뒀다. 그러나 해가 지면 천막으로 돌아가야 했다. 관중석 아래에는 샤워 시설이 새로 설치되었고, 선수용 탈의실로 사용되었던 공간은 사무실과 의무실로 개조되었다. 수용자 대부분은 관중석에 모여 있었고, 다른 사람들은 운동장 양 끝에서 서성거렸다. 어떤 사람들은 자기 천막 입구에 앉아 멍한 눈으로 사방을 두리번거렸다. 관중석에 앉아 있는 사람들은 무언가를 기다리고 있는 것 같았다.

"저들은 낮에 뭘 하나요?"

"아무것도."

그들은 대부분 빈손인 두 팔을 축 늘어뜨린 채 있었다. 거대한 군중은 이상하리만치 조용했다.

"처음 며칠은 상대방 말소리도 들리지 않을 정도였어요. 그런데 점점 말수가 줄어들더라고요." 랑베르가 말했다.

기록에 따르면 타루는 그들을 이해할 수 있었다. 처음 보앗을 때, 그들은 천막에 빽빽하게 수용된 채 파리가 날아다니는 소리를 듣거나 몸을 긁적거리기에 바빴다. 누군가 자기의 이야기를 친절하게 들어주기라도 하면 큰 소리로 분노나 공포에 대해 떠들었다. 그러나 수용소가 초만원 상태에 이르자, 친절하게 말을 들어주는 사람이 줄어들었다. 결국 침묵하며 서로를 경계했다. 일종의 불신이 수용소를 휘감고 있었다.

그렇다. 그들은 모두 경계하는 표정이었다. 격리된 이유가 없는 것은 아니었지만, 명백한 이유를 알 수 없어 두려워하는 표정을 지었다. 타루가 본 사람들의 눈빛은 하나같이 텅 비어 있었고, 자신의 삶을 이루던 것으로부터 완전히 격리된 것이 슬프고 괴로운 듯 보였다. 그러나 매일 죽음에 대해 생각할 수는 없는 노릇이어서 그들은 아예 아무 생각도 하지 않았다. 휴가를 얻은 셈이었다. 타루는 다음과 같이 기록했다.

그러나 최악의 사실은 그들이 기억에서 멀어진 사람들이라는 것을 스스로 아주 잘 알고 있다는 것이다. 그들을 알던 사람들은 다른 것을 생각하기에 바빠 그들을 완전히 잊고 있었다. 충분히 이해할 수 있는 일이다. 그들을 사랑하는 가족조차 그들을 수용소에서 꺼내기 위해 복잡한 절차를 밟는 동안 완전히 진이 빠져 그들을 잊어버렸다. 구출에 대해 생각하느라 구출할 대상에 대해 까맣게 잊고 지내는 것이다. 당연한 일이다. 최악의 상태에서 진심으로 누군가를 생각할 수 있는 사람은 아무도 없다. 누군가를 진짜 생각한다는 것은 집안일, 볼에 앉은 파리, 식사, 가려움 같은 것에도 결코 생각을 빼앗기지 않고 매순간 그 사람을 떠올리는 것이다. 그러나 파리나 가려운 곳은 늘 있는 법이다. 그것이 삶을 어렵게 만들며 그들은 그런 사실을 이미 너무 잘 알고 있다.

관리소장이 와서 오통이 면담을 신청했다고 전했다. 소장은 곤잘레스를 사무실로 안내하고 난 뒤, 그들을 관중석으로 안내했다. 멀찍이 혼자 앉아 있던 오통이 일어나 인사를 건넸다. 그의 옷차림은 여전했고, 상의 깃도 빳빳이 세우고 있었다. 다만 관자놀이 위쪽의 머리카락이 비죽 솟아 있고 구두끈 한쪽은 풀려 있었다. 판사는 피곤해 보였고, 상대방을 한 번도 제대로 쳐다보지 않았다. 그들에게 만나서 반갑다고 얘기하며, 리외에게 신세를 졌으니 감사 인사를 전해 달라고 말했다. 두 사람은 잠자코 있었다.

"필립이 너무 힘들지 않기를 바랍니다." 잠시 후 판사는 이렇게 말했다.

타루는 그날 처음으로 아들의 이름을 판사의 입을 통해 들었다. 그는 어딘가 변해 있었다. 해가 지평선으로 기울고 구름 사이로 새어 나온 햇빛이 관중석을 비추자, 세 사람의 얼굴이 붉게 물들었다.

"그렇지 않았습니다. 고통은 겪지 않았어요." 타루가 대답했다.

그들이 곤잘레스에게 작별 인사를 하기 위해 자리를 뜬 다음에도 판사는 여전히 햇살이 드는 쪽을 보고 있었다.

"적어도 탈의실은 도로 찾은 셈이네요. 이 정도도 어디에요." 축구 선수는 웃으면서 그들과 악수했다.

잠시 후 소장이 타루와 랑베르를 배웅했다. 지지직거리는 기계 소리가 관중석으로부터 들렸다. 그러더니 한창 좋던 시절에 경기의 결과를 알리거나 출전 선수를 소개하기 위해 사용했던 확성기에서 저녁 식사 배급을 위해 천막으로 돌아오라는 안내 방송이 나왔다. 관중석에 남아 있던 사람들이 신발을 질질 끌며 하나둘 천막으로 들어갔다. 모두 제자리로 돌아가자, 기차역에서 볼 수 있는 조그만 전기 자동차 두 대가 커다란 솥들을 싣고 천막 사이를 돌아다녔다. 사람들이 팔을 내밀면 두 개의 국자로 두 개의 솥에서 음식을 퍼서 식판 두 개에 쏟아부었다. 그런 다음 트럭은 다음 천막으로 이동했다.

"과학적이군요." 타루가 소장에게 말했다.

"네." 소장은 그들과 악수하며 만족스러운 표정을 지었다.

석양이 깔리고 하늘은 개어 있었다. 부드럽고 신선한 한 줄기 빛이 수용소를 비추었다. 평화로운 저녁, 숟가락과 접시가 부딪치는 소리가 여기저기에서 들렸다. 박쥐들은 천막에서 날아오르더니 순식간에 사라졌다. 담 너머에서 전차 한 대가 선로를 변경하느라 삐걱거렸다.

"치안판사가 참 안 됐어. 뭔가 좀 도와주고 싶은데⋯⋯. 어떻게 그 양반을 돕지?" 경기장을 빠져나오며 타루는 중얼거렸다.

조심스럽기도 하거니와 정보가 부족한 까닭에 다른 수용소에 관한 언급은 할 수 없을 것 같다. 그러나 단언할 수 있는 것은 도시에는 그런 수용소가 다수 존재했다는 점이다. 그리고 그곳에서 나는 사람 냄새, 해 질 무렵 들리는 커다란 확성기 소리, 담 저편의 비밀스러움, 그 버림받은 장소에 대한 두려움 같은 것이 사람들의 마음을 무겁게 짓누르며 혼란과 불안을 한층 더 가중했다는 것이다. 행정 당국과의 마찰과 충돌 또한 더욱 심해졌다.

11월 말이 되자 아침에는 꽤 추워졌다. 억수같이 퍼붓는 비로 말미암아 도로가 씻기고, 하늘은 구름 한 점 없이 청명했다. 한풀 꺾인 태양이 매일 도시 위로 차가운 햇살을 내리쬤다. 그러나 오후가 되면 공기가 다시 훈훈해졌다. 타루가 의사 리외에게 자기 속마음을 털어놓기로 마음먹은 순간이었다.

고단한 하루를 보낸 어느 날 10시 즈음, 리외는 늙은 천식 환자의 왕진을 준비하고 있었다. 타루는 리외를 따라 나섰다. 구시가지의 집들 위로 하늘이 부드럽게 빛을 반사하고 있었다. 가벼운 바람이 어두운 교차로로 불어 왔다. 고요한 거리를 벗어나 환자의 집에 도착했다. 노인은 그들을 보자마자 "불만을 가진 사람들이 많다. 항상 같은 사람이 이득을 본다. 이런 상태가 계속될 수는 없다."라고 말했다. 이때 그는 두 손을 비비며 이런 식으로 가다가는 결국 화를 입을 것이라고 떠들어 댔다. 의사가 진료하는 동안에도 노인은 쉬지 않고 이 주제에 관해 이야기했다.

누군가 걸어 다니는 소리가 2층에서 들렸다. 타루가 궁금해하자, 이웃집 여자들이 테라스에 나와 있기 때문이라고 환자의 아내가 설명해 주었다. 그러면서 테라스 한쪽 면이 서로 닿아 있어서 이 동네 여자들은 외출하지 않아도 다른 사람 집을 방문할 수 있으며, 그곳에서 내려다보는 전망이 근사하다고 덧붙였다.

"맞아. 올라가 보구려. 거긴 공기도 좋아."

그들이 올라갔을 때, 테라스에는 의자 세 개만 덩그러니 놓여 있었다. 한편으로는 시야가 닿는 곳에 평평하게 늘어선 지붕들이 보였다. 가장 먼 곳은 어둡고 단단한 덩어리에 접해 있어, 마을에서 가장 가까운 언덕임을 짐작할 수 있었다. 다른 편으로는 두어 개의 길이 나 있고, 눈에 잘 보이지 않는 항구 너머 수평선이 내려다보였다. 절벽이라고 짐작되는 곳 너머에서 출처를 알 수 없는 불빛이 규칙적으로 켜졌다 꺼졌다 했다. 해협의 등대는 지난봄부터 다른 항구로 방향을 선회하는 선박들을 위해 계속 바다를 비추고 있었다. 바람에 쓸려 윤기가 흐르는 하늘에는 별들이 맑게 빛나고 있었고, 종종 등대 불빛에 회색빛으로 변하기도 했다. 향료와 돌 냄새는 가벼운 바람에 실려 왔다. 모든 것이 완전한 침묵에 잠겨 있었다.

"날씨가 좋네요. 여기는 마치 페스트가 한 번도 올라오지 않은 듯하군요."

리외가 의자에 앉으면서 말했다.

타루는 그에게 등을 돌린 채 바다를 내려다보고 있었다.

"그러게요. 좋네요." 잠시 후 타루가 대답했다.

타루는 리외 곁에 와서 앉더니 그의 얼굴을 유심히 쳐다보았다. 하늘에서 희미한 불빛이 세 번 번뜩였다. 멀리서 설거지하는 소리와 집 안에서 문이 닫히는 소리가 들렸다.

타루는 매우 자연스러운 어조로 말했다. "리외, 당신은 내가 어떤 사람인지 한 번도 알려고 하지 않았죠? 저를 친구로 생각하시나요?"

"물론이죠. 저는 당신에게 우정을 느낍니다. 다만 지금까지 서로 알아 갈 시간이 없었죠."

"다행입니다. 그럼 이제 그 시간을 가져 보죠."

리외가 대답 대신 미소를 지었다.

"자, 그럼……."

거리의 먼 곳에서 자동차 한 대가 젖은 도로를 달리는 소리가 들렸다. 자동차가 멀어지자, 어렴풋한 고함이 다시 한번 침묵을 깨뜨렸다. 이윽고 침묵이 총총한 별이 빛나는 하늘의 무게를 모두 싣고 두 사람 위로 내려앉았다. 타루가 일어나서 테라스 난간에 걸터앉았다. 리외는 여전히 의자 깊숙이 몸을 묻고 있었다. 타루의 모습은 마치 거대한 형체를 오려서 하늘에 붙여 놓은 것 같았다. 그는 오랫동안 이야기했다. 그의 말을 옮겨 보면 이렇다.

"간단히 말할게요. 리외, 저는 이 도시와 전염병을 알기 훨씬 전부터 페스트 때문에 고통을 겪었어요. 저 역시 다른 사람들과 마찬가지라는 거죠. 세상에는 페스트를 전혀 알지 못하는 사람과, 알고 난 뒤 그런 상태를 즐기는 사람, 또 거기서 빠져나가려는 사람이 있습니다. 저는 늘 빠져나가려고 했어요. 젊은 시절, 저는 무결하다고 생각했어요. 별생각 없이 살았던 거죠. 그렇게 고민하는 성격도 아니었고, 사회생활도 적당한 시기에 잘 시작했어요. 순조로운 삶이었습니다. 머리도 꽤 좋았고, 이성 관계는 늘 최고였죠. 가끔 걱정거리가 생기기도 했지만 곧 사라졌어요. 그러던 어느 날, 저는 생각하기 시작했습니다. 이제는……. 제가 선생님처럼 가난하지 않았다는 사실을 미리 밝혀 둬야 할 것 같습니다. 아버지가 차장 판사셨으니까 꽤 고위직이었죠. 그렇지만 워낙 호인이어서 그런 티는 내지 않으셨어요. 어머니는 소박하고 수줍음이 많으셔서 그런지 저를 무척 사랑했습니다. 하지만 그 이야기는 하지 않는 것이 좋을 것 같습니다. 아버지는 저를 사랑으로 키우셨습니다. 저를 이해하기 위해 노력을 많이 하신 것 같아요. 바람을 피우기도 했지만, 그를 원망하거나 그런 건 아닙니다. 아버지는 사람들이 기대하는 대로 행동하셨고, 남들과 충돌하는 일도 없었죠. 다시 말해 개성이 강한 분은 아니셨어요. 돌아가시고 난 다음 깨닫게 된 사실이지만, 성인처럼 사신 것은 아니어도 그렇다고 악인도 아니셨다는 거예요. 중도를 잘 지켰다고 해야 할까요. 사람들은 그런 유형의 인간에게 한결같은 애정을 느끼죠. 그분에게도 한 가지 특징이 있었어요. 두꺼운 철도 여행 안내 책을 머리맡에 두고 읽으셨습니다. 그는 휴가 때 소유지가 있는 프랑스 브르타뉴 지방에 가는 것이 전부였어요. 하지만 파리-베를린 간 열차 출발 시각과 도착 시각, 리옹에서 바르샤바까지 가려면 어디에서 몇 시에 갈아타야 하는지, 그게 어디든 수도와 수도 사이의 거리를 정확하게 꿰고 계셨죠. 브리앙송에서 샤모니까지 어떻게 가는지 혹시 아세요? 아마 역장이라도 잘 모를 거예요. 그러나 제 아버지는 훤히 알고 있었죠. 그는 매일 저녁 그 분야의 지식을 얻기 위해 공부했으니까요. 본인은 그것을 되게 자랑스러워하셨습니다. 저도 무척 흥미로웠기에 자주 질문했어요. 아버지에게 들은 기차 시간표를 책에서 찾아보며 틀리지 않았다는 것을 확인하는 걸 좋아했습니다. 그렇게 묻고 답하는 사이, 우리는 서로 친밀해졌죠. 왜냐하면 저는 아버지의 열렬한 청중이었고, 아버지 역시 그 점을 흡족해하셨거든요. 저는 철도에 관한 해박한 지식이 다른 어떤 것만큼이나 가치가 있다고 믿었습니다. 말하다 보니 그분을 지나치게 부각하는 것 같군요. 결론부터 말하자면, 아버지는 제가 결심하는 데 있어 직접적인 영향을 끼치지는 못하셨어요. 기껏해야 계기를 마련했을 뿐이죠. 제가 열일곱 살 때, 아버지가 법정에 와서 자신의 논고를 들어보겠냐고 제안하셨어요. 순회 재판소에서 열리는 큰 공판이었는데 아버지는 그날 훌륭한 모습을 아들에게 보여 줄 수 있을 거라고 여기신 거죠. 그런 의식은 어린 자식의 상상력을 자극하기에 충분했고, 당신이 선택한 길로 저 역시 들어서기를 내심 기대하셨던 것도 같아요. 아버지를 기쁘게 해 드리고 싶기도 했고, 저 또한 아버지의 다른 모습

을 직접 보고 싶었어요. 가족들과 대화할 때와 어떻게 다를
까. 오로지 그것만 궁금했죠. 법정에서 일어나는 일은 대혁명
기념일인 7월 14일의 열병식이나 상장 수여식과 마찬가지로
자연스럽고 불가피한 일로 보였답니다. 저는 법정에서 일어
나는 일에 대해 지극히 추상적인 관념만 가지고 있었습니다.
또 별로 신경 쓰지도 않았고요. 예상과는 달리 그날 제게 각
인된 장면은 단 하나, 죄인의 모습뿐이었습니다. 사실 저 역
시 그에게 죄가 있다고 생각했지만, 그것은 그리 중요하지 않
아요. 30대로 보이는 붉은 머리카락에 키가 작고 불쌍해 보이
는 그 남자는 모든 것을 인정하기로 다짐한 듯했어요. 자신이
저지른 일과 그 일로 말미암아 자신이 감당해야 할 일에 어찌
나 겁을 먹고 있던지, 제 눈에는 어느새 그 사람만 들어왔지
요. 그는 너무 강렬한 빛 때문에 잔뜩 겁을 먹은 부엉이 같았
어요. 넥타이는 약간 비뚤어졌고, 오른팔 손톱만을 계속 물어
뜯고 있었습니다. 더 말하지 않아도 그가 살아 있는 존재라는
것을 알겠죠? 그런데 문득 제가 그를 '피고인'이라는 편리한
범주로만 생각하고 있다는 사실을 깨달았습니다. 제가 아버
지를 완전히 잊었다고 할 수는 없지만 그 순간 급소를 찔린
것 같았고, 피고석에 앉아 있는 그 남자에게 모든 주의를 집
중시킬 수밖에 없었어요. 거의 아무 소리도 들리지 않았습니
다. 오직 사람들이 살아 있는 그 사람을 죽이려고 한다, 그것

만이 느껴졌어요. 그러자 엄청난 충동이 파도처럼 밀려와 거의 맹목적으로 그 사람 편이 되고 말았죠. 저는 아버지의 논고가 시작될 즈음 다시 정신이 들었습니다. 붉은 법복으로 갈아입은 아버지는 완전히 딴사람으로 변해 있었습니다. 호인도 아니었고, 다정하지도 않았죠. 아버지의 입속에서는 무지막지한 말들이 우글거리고 있다가 뱀처럼 쏟아져 나왔어요. 저는 아버지가 사회라는 이름으로 그 사람의 죽음을 정당화하고, 심지어 목을 자르라고 요구하고 있다는 사실을 알았습니다. 아버지는 단지 "이 사람의 머리는 땅으로 떨어져야 합니다."라고 말했을 뿐이지만 결국 아버지가 그 남자의 목을 벤 거죠. 그 사람의 목을 실제로 자른 이가 아버지가 아니었다고 해도 별 차이는 없어요. 그게 그거인 셈이니까요. 공판을 끝까지 방청한 저는 그 불행한 남자에게 친밀감을 느꼈지요. 아버지는 관례에 따라 사람들이 '최후의 순간'이라 부르는, 사실은 가장 비열한 살인이라 불러야 할 처형식에 참석하셨고요. 그날부터 저는 아버지의 철도 여행 안내 책만 봐도 구역질이 났어요. 그날부터 저는 정의, 사형 선고, 사형 집행 같은 것에 두려우리만큼 관심을 가졌고, 아버지가 벌써 여러 차례 사형장에 참석했으며, 아버지가 아침 일찍 일어나는 날이 바로 입회 날이라는 것을 알고 현기증이 났습니다. 그런 날이면 자명종 태엽을 감아 놓으셨어요. 어머니에게는 감히 그 이야기를 못 했지만, 어머니를 좀 더 주의해서 관찰해 보니 두 분이 할 수 있는 일은 아무것도 없었어요. 어머니는 이미 체념하고 계셨어요. 당시의 제 말투로 표현하자면 바로 그점 때문에 어머니를 용서할 수 있었어요. 나중에 알게 된 사실이지만 어머니는 용서받을 것이 하나도 없었죠. 그분은 결혼 전까지 늘 가난했고, 진작부터 가난으로부터 체념을 배웠으니까요. 제가 곧바로 집을 떠났을 거라 짐작하실 수도 있지만 그러지는 않았어요. 몇 달, 아니 거의 일 년을 집에 더 머물렀죠. 하지만 마음은 병들었어요. 그러던 어느 날 저녁, 아버지가 다음 날 일찍 일어나야 한다며 자명종을 찾으셨어요. 그날 밤 저는 한숨도 못 잤습니다. 다음 날, 저는 아버지가 돌아오시기 전에 집을 나갔죠. 아버지는 사람을 시켜 저를 찾았고, 저는 아버지를 만나 저를 억지로 집으로 데려가려고 한다면 자살하겠다고 차분하게 말씀드렸어요. 그분은 본래 온화하신 분이라 뜻을 쉽게 굽히셨고, 제멋대로 사는 것이 얼마나 어리석은 일인지에 대해 장황하게 연설하셨죠. 아버지는 제 행동을 그렇게 해석하셨고, 저 역시 그 오해를 풀어드리지는 않았어요. 아버지는 수많은 충고를 하시더니 눈물을 애써 참으시더군요. 시간이 많이 흘러서야 어머니를 뵙기 위해 정기적으로 집에 들렀고, 그때 아버지도 만났어요. 그 양반은 그런 관계로 만족하셨던 것 같아요. 저는 아버지에게 원한이 전혀 없었고, 단지 마음 한구석에 슬픔 같은 것이 약간 있었죠. 아버지가 돌아가셨을 때, 어머니를 모시고 함께 살았는데 아마 돌아가시지 않았다면 지금도 함께 지냈을 겁니다. 제가 서두를 이렇게 길게 이야기한 까닭은 거기에서 모든 것이 비롯되었기 때문입니다. 이제부터는 이야기에 속도를 내겠습니다. 열여덟 살, 안락한 생활을 벗어나자마자 저는 바로 가난을 경험했습니다. 먹고살기 위해 안 해 본 일이 없을 정도지요. 그런대로 결과도 좋았죠. 하지만 제가 흥미를 느낀 것은 사형 선고였습니다. 붉은 머리의 부엉이 씨와 나름의 결판을 내야 했어요. 그래서 정치에 입문했습니다. 페스트 환자가 되고 싶지는 않았으니까요. 뭐, 다른 설명이 필요하겠습니까. 제가 사는 사회가 사형 선고를 기반으로 하는 이상적 사회에 맞서서 투쟁하는 것이 살인 행위와 맞서 싸우는 것이라고 여겼습니다. 저는 그렇게 믿었고, 다른 사람들도 그렇게 말했죠. 결과적으로는 사실이죠. 그래서 저는 제가 좋아했고, 지금도 변함없이 좋아하는 이들과 같이 일을 시작했습니다. 오랫동안 그들과 함께 그 일에 관여했어요. 유럽에 있는 국가 중 제가 투쟁에 참여하지 않은 나라는 하나도 없을 정도로요. 이 이야기는 넘어갈까요. 물론 우리도 때에 따라 사형 선고를 내립니다. 그 또한 잘 알고 있습니다. 누군가는 아무도 죽이지 않은 세계를 위해 몇 사람의 죽음은 불가피하다고 말하기도 했어요. 어떤 의미에서는 옳은 말이지만, 그런 종류의 정의는 받아들이지 못한 것 같아요. 확실한 것은 제가 갈팡질팡했다는 겁니다. 저는 부엉이 씨를 생각했고, 그 생각을 떨쳐 버릴 수가 없었습니다. 헝가리에서 사형 집행을 직접 보던 날까지 말이에요. 어린 날 법정에서 느꼈던 충격만큼, 강한 현기증이 어른이 된 저의 눈앞을 캄캄하게 만들더군요. 사람을 총살하는 장면을 한 번이라도 본 적 있으세요? 물론 보지 못했을 테죠. 대체로 초대받은 사람에게만 공개되고, 청중은 미리 선별되니까요. 따라서 총살에 대해서는 그림이나 책에서 다룬 정도만 알고 계시겠지요. 눈가리개, 말뚝, 밀리 떨어져 있는 몇몇 병사들? 그런데 천만에요. 전혀 그렇지 않았어요. 사형 집행 저격수들은 사형수와 불과 150센티미터 떨어져 있었어요. 사형수가 두 걸음만 앞으로 걸어가면 총부리가 그들 가슴에 닿는 거죠. 그렇게 가까운 거리에서 사격수들이 굵직한 탄환으로 심장 근처를 집중적으로 사격하면 그곳에 주먹이 들어갈 만한 구멍이 생긴다는 사실을 아시나요? 모를 거예요. 그런 건 아무도 이야기하지 않으니까요. 페스트에 시달린 이의 마음의 평화는 사람의 목숨보다 중요하죠. 선량한 사람들은 밤에 편히 자야 합니다. 그렇지 않나요? 그러기 위해서는 어느 정도 위선적인 취미가 필요한데, 그런 세부적인 것들에 오랫동안 시달리는 것은 지독한 악취미에 불과해요.

누구나 아는 내용이죠. 저는 그 이후로 불면에 시달렸어요. 입안이 비릿했고, 그날의 잔상이 사라지지 않아 세세한 것들을 떠올려야 했어요. 오랫동안 진심으로 페스트와 싸우고 있다고 생각했지만, 그동안 저 역시 페스트 환자였습니다. 간접적이나마 수천 명의 죽음에 동의했다는 것, 죽음을 초래할 수밖에 없는 행위나 원칙을 선(善)이라고 생각하고, 그런 죽음을 부추기기까지 했다는 사실을 깨닫고 만 거죠. 다른 이들은 별로 상관하지 않는 것 같았어요. 적어도 그런 이야기를 스스럼없이 털어놓지는 않았죠. 저는 슬픔으로 질식할 것 같았어요. 그들과 함께였지만, 또 혼자였죠. 사형 집행을 지켜볼 수밖에 없었던 저의 양심의 가책에 관해 설명하면, 그들은 문제의 핵심을 잘 들여다보라며 감동적인 말로 제가 삼킬 수 없는 것들을 삼키도록 회유했어요. 불가항력이었다는 거죠. 별 볼일 없는 페스트 환자들이 내세우는 불가항력을 제가 인정한다면 붉은 법복의 페스트 환자들의 주장 또한 받아들여야 한다고 말했죠. 붉은 법복을 입은 고귀한 페스트 환자들에게도 나름의 이유가 있으니까요. 그들은 저에게 붉은 법복을 입은 사람들을 옳다고 인정하는 가장 쉬운 방법은 사형 선고를 그들에게 일임하는 일이라고 지적했습니다. 그러나 당시 저는 한번 타협하기 시작하면 그걸로 끝이라고 생각했죠. 제가 옳다는 것을 역사가 증명해 주는 것 같아요. 오늘날에는 누가 제일 많이 죽이나 경쟁하고 있으니까요. 너 나 할 것 없이 살인의 광기에 빠져 있어요. 그들도 달리 어쩔 도리가 없는 거겠죠. 제가 할 일은 이치를 따지는 문제가 아니었습니다. 제게 문제는 붉은 머리 부엉이 남자였죠. 예기치 못한 더러운 경험, 그러니까 페스트에 걸린 그 더러운 입들이 쇠사슬에 묶인 어떤 사람에게 죽음을 선고하고, 사형에 필요한 절차를 준비하는 그 사건 말이죠. 선고를 받은 사람은 살해를 당하는 날까지 숱한 밤을 뜬눈으로 고통받죠. 저에게는 가슴에 뚫린 구멍이었어요. 그래서 저만이라도, 최소한 저만이라도 그 구역질 나는 도살을 절대로 정당화하지 않겠다고 다짐했어요. 어떤 의미인지 아시겠습니까? 단 한 명이라도, 어느 것도 인정하지 않겠다고 한 거죠. 저는 더 분명히 볼 수 있을 때까지 맹목적인 태도를 고집하기로 한 거죠. 이후에 제 마음은 그대로입니다. 저는 오랫동안 부끄러워했습니다. 아무리 오래된 일이라고 해도, 또 아무리 선의였다고 해도, 나 또한 살인자였다는 것이 죽을 정도로 수치스러웠습니다. 시간이 흐르면서 저는 제아무리 선하다고 하는 사람들도 누군가를 죽이거나, 누군가 죽어 가는 것을 막을 수 없다는 사실을 알았어요. 세상의 섭리가 바로 그렇기 때문이었죠. 누군가는 죽을 수밖에 없는 위험을 감수하지 않고는 이 세상에서 우리는 꼼짝도 할 수 없는 거예요. 저는 우리 모두 페스트에 처해 있음을 깨닫고 부끄러워했습니다. 마음의 평화를 잃고 만 거죠. 저는 잃어버린 평화를 되찾으려고 지금도 애쓰고 있어요. 모든 사람을 이해하려고 노력하며 그 누구와도 치명적인 관계가 되지 않으려고 애쓰고 있죠. 제가 아는 것이라고는 페스트 환자가 되지 않기 위해 해야 할 일을 해야 한다는 것입니다. 그것만이 우리가 평화를 희망할 수 있도록 만들죠. 만약 그렇지 않다고 해도, 좀 더 편안하게 죽을 수 있겠죠. 비록 인간을 구원하지 못하더라도 그렇게 해서라도 될 수 있으면 인간에게 해를 끼치지 않고 때때로 약간의 선을 행할 수 있으니까요. 그렇게나마 마음의 평화를 찾는 거죠. 저는 그것이 어떤 형태든, 간접적이든 직접적이든, 좋든 나쁘든, 이유를 막론하고 사람을 죽이거나 사람들이 누군가를 죽이는 상황을 정당화하는 모든 것을 거부하기로 한 것입니다. 그런 이유로 선생님 편에서 이 병과 싸워야 한다는 것을 제외하면 이번 전염병을 통해 제가 배운 것은 하나도 없습니다. 그래요. 저는 이 세계를 알아요. 리외, 저는 단언할 수 있어요. 사람은 저마다 자기 안에 페스트를 지니고 있다는 것을요. 왜냐하면 그 누구도 페스트로부터 안전하지 않으니까요. 자칫 방심하면 다른 사람의 얼굴을 향해 오염된 숨을 내쉬죠. 타인을 전염시키지 않으려면 늘 자기 자신을 단속해야 해요. 병균은 이 세계의 섭리고, 따라서 치명적일 정도로 자연스럽죠. 그 외의 것들, 자연스러움과는 거리가 먼 건강, 성실, 결백, 정직, 순수 따위는 의지, 그러니까 항상 깨어 있어야 하는 의지의 산물인 거죠. 존경할 만한 사람, 거의 아무도 감염시키지 않는 사람이란 마음이 해이해지지 않는 사람을 말합니다. 절대 방심하지 않기 위해서는 그만한 의지와 긴장이 필요하죠. 그렇습니다. 리외, 페스트 환자의 삶은 번거롭습니다. 그러나 페스트 환자가 되지 않으려는 삶은 그보다 훨씬 더 번거롭습니다. 그래서 사람들은 피로합니다. 사람들은 누구나 어느 정도는 페스트 환자니까요. 더군다나 감염된 페스트와 맞서 싸우기 위해서는 극도의 피곤을 경험해야 하죠. 죽음만이 페스트로부터 해방되는 유일한 길일 수도 있습니다. 아무도 죽이지 않는 삶을 선택한 이후, 저는 이 세상을 위해 아무 쓸모가 없는 인간이라는 사실을 알게 되었습니다. 살인을 단념한 순간부터 저는 격리를 선고받았죠. 역사로부터 추방당한 셈이죠. 역사는 유배를 당하지 않은 이들이 만들어 가겠죠. 제가 그 사람들을 판단할 수 없다는 것도 압니다. 분별력 있는 살인자가 되기 위해서는 정신을 무장해야 하는데 제게는 그것이 없습니다. 정신력이 부족하니 우월감은 아닌 거죠. 하지만 저는 기꺼이 있는 그대로의 나, 제 자신이 되기로 했습니다. 저는 겸손을 배웠습니다. 이 세상에는 재앙과 희생자들이 있고, 가능한 한 재앙의 편에 서는 것을 거부해야 한다는 거죠. 선생님께는 너무 간단하게 들릴 수 있겠지만, 저는 그것이 옳다는 것을 알아요. 아시다시피 저는 머리가 돌 정도로 너무 많은 논쟁 속에 있었고, 어떤 이론은 사람들을 현혹해 살인에 동의하게 만들기도 했습니다. 우리의 모든 불행은 분명하고 명확한 언어를 사용하지 않는 것으로부터 기인한다는 사실을 깨달았어요. 따라서 옳다고 믿는 길을 걷기 위해 정확하게 말하고, 행동하기로 했죠. 저는 재앙과 희생자들이 있다고만 말할 수 있을 뿐, 그 이상은 말할 수 없어요. 그렇게 해서 제가 재앙 그 자체가 된다고 할지라도, 적어도 그 재앙에 동조하지는 않습니다. 간단히 말해 저는 무고한 살인자가 되고자 하는 거죠. 보시다시피 엄청난 야망은 아니죠. 물론 치유자라는 제3의 범주가 필요합니다. 물론 흔치 않고, 쉽지 않은 소명이죠. 어떤 곤경에 처하더라도 희생자들 편에 서기로 한 이유죠. 피해를 최대한 줄이기 위해 적어도 이 세 번째 범주인 희생자들 편에서 마음의 평화를 발견할 방법을 찾아보는 거죠."

이야기를 마치며 타루는 한쪽 다리를 들어 테라스 바닥을 가볍게 두드렸다. 의사는 잠시 가만히 있다가 몸을 약간 일으키면서 마음의 평화에 도달하기 위해 어떤 길을 선택해야 하는지 생각해 보았느냐고 물었다.

"그럼요. 연민의 길이죠."

구급차 두 대의 사이렌이 멀리서 울렸다. 조금 전만 해도 분명치 않던 아우성이 도시의 경계가 있는 바위 언덕 근처로 집결되었다. 그때 폭발음 같은 것이 들렸다가 사라졌다. 리외는 등댓불이 두 번 깜빡이는 것을 세고 있었다. 산들바람이 더 강해지는 듯하더니 소금기가 섞인 바닷바람이 불어왔다. 절벽에 부딪히는 파도 소리도 이제 뚜렷하게 들렸다.

"결국 제 관심사는 어떻게 하면 성인이 되는 것인가 하는 거죠." 타루가 솔직하게 말했다.

"신을 믿지도 않으면서요?"

"바로 그거죠. 신이 없어도 성인이 될 수 있는가. 제가 궁금한 것은 그거예요."

아우성이 들리던 곳에서 갑자기 거대한 불빛이 솟아올랐다. 어렴풋한 함성이 바람을 타고 두 사람에게까지 들려왔다. 솟아오른 불빛은 곧 희미해졌고, 멀리 보이는 테라스 끝에 불그스름한 잔상만이 남았다. 바람이 멈추자, 사람들의 고함 소리는 더 뚜렷해졌다. 곧이어 총성과 군중의 함성이 들렸다. 타루가 일어나 잠자코 귀를 기울였지만 소리는 이내 멈추었다.

"도시 출입문 쪽에서 또 충돌이 있었나 봐요."

"이제 끝났나 보네요." 리외가 말했다.

타루는 '충돌은 절대 끝나지 않으며, 앞으로도 희생자가 생길 것이다. 왜냐하면 그것이 세상의 이치이기 때문이다.'라고 중얼거렸다.

"그럴지도 모르죠. 하지만 저는 성인들보다는 패배자들에게 더 연대 의식을 느낍니다. 저는 영웅주의라든가 성스러움 같은 건 별로 좋아하지 않는 것 같아요. 제가 관심이 있는 건 인간이 되는 거예요." 의사가 대답했다.

"우리는 같은 것을 추구하고 있어요. 다만 저의 야심이 작을 뿐이죠."

리외는 타루가 농담한다고 생각하고는 그를 쳐다보았다. 하지만 하늘에서 내려오는 흐릿한 빛줄기에 비친 타루의 표정은 쓸쓸하고 진지해 보였다. 바람이 다시 불었다. 리외의 피부에 미지근한 바람이 느껴졌다. 타루는 생각을 털어 버리려는 듯 몸을 한 번 부르르 흔들더니 물었다.

"우정을 위해 우리가 무엇을 하면 좋을지 아십니까?"

"당신이 원하는 것이 있다면 그걸로 하죠." 리외가 대답했다.

"해수욕을 하는 겁니다. 성인이 될 사람에게 그 정도 쾌락은 허용되지 않을까요?"

리외는 미소를 지었다.

"우리가 가진 통행증으로 방파제까지 갈 수 있을 겁니다. 어쨌거나 페스트 치하에서만 산다는 건 너무 지긋지긋한 일이에요. 물론 인간이라면 희생자들을 위해 투쟁해야죠. 하지만 무언가를 사랑하지 않는다면 그게 다 무슨 의미죠?"

"지당한 말씀이네요. 갑시다." 리외가 말했다.

잠시 후 자동차는 항구 철책 근처에 멈췄다. 달이 떠 있었다. 은은한 빛이 감도는 하늘이 희미한 그늘을 드리우고 있었다. 리외와 타루 뒤로 도시가 만을 따라 층을 이루며 늘어서 있었다. 도시에는 병에 걸린 사람의 뜨거운 입김 같은 후덥지근한 바람이 불어와 그들을 바다 쪽으로 부추겼다. 신분증을 내밀자 보초는 꽤 오랫동안 살폈다. 검문소를 통과한 후, 큰 술통들로 뒤덮인 중앙 분리대를 가로질러 방파제 쪽으로 나아갔다. 포도주 냄새와 생선 비린내가 풍겼다. 얼마 지나지 않아 요오드 냄새와 해초 냄새가 바다가 가까이 있다는 사실을 알렸다. 곧 파도 소리가 들렸다.

커다란 방파제 아래에서 바다는 부드러운 소리를 내며 철썩거렸다. 방파제로 올라가자 벨벳처럼 두껍고 동물처럼 매끄러운 바다가 나타났다. 그들은 바다를 향해 있는 바위에 자리를 잡았다. 바다는 부풀어 올랐다가 사그라졌다. 바다의 잔잔한 호흡을 따라 기름을 칠한 것 같은 반사광이 수면에 나타났다가 사라졌다. 그들 앞에 밤이 끝없이 펼쳐졌다. 리외는 손바닥을 통해 바위 표면이 거칠다고 느끼며, 마음 가득 형용할 수 없는 행복감이 차올랐다. 타루를 향해 고개를 돌리자,

진지하고 침착한 친구의 얼굴에도 동질의 행복감이 서려 있었다.

그들은 옷을 벗었다. 리외가 먼저 뛰어들었다. 처음에는 차갑던 물이 위로 떠오르자 미지근해졌다. 얼마 동안 평영을 하다 보니 그날 저녁 바다는 여러 달 축적한 대지의 열기를 받아 가을 바다의 따뜻함을 그대로 간직하고 있음을 알 수 있었다. 리외는 일정한 속도로 헤엄을 쳤다. 발차기를 할 때마다 뒤에 거품이 생기고, 팔을 휘두를 때마다 흘러내린 물이 다리에 들러붙는 듯했다. 무거운 물체가 물속으로 풍덩 떨어지는 소리가 들렸다. 타루도 바다로 뛰어든 것이다. 리외는 바다에 반듯이 누워 움직이지 않고 달과 별들이 가득한 하늘을 응시했다. 그는 오랫동안 숨을 가다듬었다. 조용하고 고독한 어둠 속에서 물장구치는 소리가 이상하리만치 점점 더 뚜렷하게 들렸다. 타루가 가까이 왔다. 그의 숨소리가 들렸다. 리외는 몸을 돌려 친구와 나란히, 같은 속도로 헤엄을 쳤다. 타루가 리외보다 훨씬 더 힘차게 나아갔기 때문에 리외도 속력을 냈다. 그들은 잠시 단둘이서 같은 리듬, 같은 힘으로 세상에서 벗어나 도시와 페스트로부터 완전히 해방되었다. 리외가 먼저 멈추었고, 그들은 천천히 되돌아갔다. 한번은 얼음처럼 차가운 물살에 기습당해 깜짝 놀라 서둘러 속도를 냈다.

옷을 입은 그들은 아무 말도 하지 않은 채 그곳을 떠났다. 하지만 두 사람 모두 그날 밤을 감미로워했다. 멀리 페스트 보초가 보이자, 리외는 타루도 자신과 같은 생각을 하고 있음을 느낄 수 있었다. 잠시나마 페스트를 잊을 수 있어서 좋았지만, 이제 또다시 시작해야 했다.

그렇다. 페스트는 정말 짧은 여유만을 허락했다. 그들은 다시 시작해야 했다. 12월 내내 페스트는 사람들의 가슴속에 번졌고, 화장터의 가마에 불을 지폈으며, 인간 군상들로 캠프를 채웠다. 간단히 말해 페스트의 특징인, 변덕스럽지만 단호한 전진을 멈추지 않았다. 당국은 날씨가 추워지면서 병의 기세가 약화할 것이라고 낙관했지만, 며칠 동안 계속된 추위에도 페스트는 기승을 부렸다. 기다리는 것밖에 방도가 없었다. 그러나 무엇이든지 너무 오래 기다리다 보면 미래에 대한 희망을 상실하는 법이다.

리외에게도 지난밤 잠시 누렸던 평화와 우정의 순간을 다시 맛볼 수 있을 것이라는 기약이 없었다. 병원이 또 하나 늘어나는 바람에 리외의 얼굴을 보는 사람들이라고는 이제 환자뿐이었다. 페스트는 점차 폐렴형으로 변했고, 환자들은 전보다 의사에게 협조적이었다. 그들은 초기에 보였던 극도의 허탈감이나 광증에서 벗어나 자신들에게 더 도움이 되는 것들을 요구하기 시작했다. 그들은 마실 것을, 따뜻한 차를 원했다. 피곤한 정도는 전과 다르지 않았지만, 환자들이 협조적이라 덜 외롭게 느껴졌다.

12월 말, 리외는 아직 예방 격리소에 수용된 판사로부터 편지 한 통을 받았다. 격리 기간이 끝났음에도 당국이 입소 날짜를 찾지 못해 자신을 부당하게 억류하고 있다는 내용이었다. 얼마 전 수용소를 나온 아내가 도청에 찾아가 항의했지만, 착오가 있을 리 없다며 청원조차 제대로 받아 주지 않았다는 것이다. 리외는 랑베르에게 중재를 부탁했고, 얼마 지나지 않아 오통의 방문을 받았다. 실제로 착오가 있었고 이에 리외도 좀 화가 난 상태였다. 수척해진 판사는 힘없이 손을 들더니 또박또박 힘을 주며 누구나 실수할 수 있다고 말했다. 의사는 그가 어딘지 달라졌음을 직감했다.

"판사님은 이제 어떻게 하실 생각입니까? 일이 잔뜩 밀려 있겠네요." 리외가 물었다.

"휴가를 내려고 합니다." 판사가 대답했다.

"아! 좀 쉬셔야겠죠."

"그게 아니라, 수용소로 돌아갈까 합니다."

리외는 깜짝 놀랐다.

"아니, 이제 막 나오시던 길이잖아요."

"아, 제 말은 그게 아니라, 수용소 행정실에 자원봉사 자리가 있다고 들어서요."

판사는 둥근 눈을 불안정하게 이리저리 돌리다가 비죽 삐져나온 머리카락을 바로잡으려고 애썼다.

"그럼 저도 좀 바빠질 테고, 어리석게 들릴지 모르겠지만 그러다 보면 제 아들 녀석과 헤어졌다는 생각이 덜 나지 않을까 싶어서요."

리외가 그를 쳐다보았다. 엄격한 그의 두 눈에 갑자기 상냥함이 스친 것일까? 그렇다. 그의 눈은 냉철함이 사라지고 우수가 깃들어 있었다.

"물론입니다. 원하시면 제가 알아봐 드리겠습니다." 리외가 말했다.

의사는 실제로 그 일을 맡아 해결했다. 페스트에 신음하는 도시의 일상은 크리스마스까지 이어졌다. 타루는 어디서나 효율적이고 차분하게 일을 처리했다. 랑베르는 예전 두 젊은 보초병 덕분에 아내와 비밀리에 편지를 주고받을 수 있었다. 그는 이 사실을 리외에게 털어 놓으며 리외도 그렇게 하라고 권유했다. 불법이기는 했지만 리외는 그 제안을 받아들였다. 오랜만에 편지를 쓰다 보니 무슨 말부터 써야 할지 쉽지 않았다. 편지를 부쳤고, 답장을 받는 데에는 오랜 시간이 걸렸다. 한편 코타르는 호황기를 누렸는데, 자잘한 밀거래를 하면서 부를 축적했다. 그러나 크리스마스가 그랑의 기분에는 별로 도움이 되지 않았다.

그해 크리스마스는 복음서의 축일이라기보다 오히려 지옥의 축일 같았다. 불이 꺼진 텅 빈 상점들, 진열장 속 모형 초콜릿, 빈 선물 상자, 음울한 승객들로 가득 찬 전차. 그 무엇도 과거의 크리스마스를 연상시키지 못했다. 부자든 가난한 자든 함께했던 그 축제는 이제 일부 특권층, 불태울 돈이 있는 사람들만 즐길 수 있었다. 그들은 지저분한 뒷골목 상점이나 은밀한 공간에서 수치스러운 고독에 빠져들었고, 성당에서는 캐럴보다 더 많은 탄식이 흘러나왔다. 우중충하고 얼어붙은 도시에서 자신에게 닥친 위험을 모르는 몇몇 아이들만이 거리에서 뛰어놀았다. 인간의 고통만큼 오래되고 젊은 날의 희망만큼 새로운 신이 선물을 가득 들고 찾아올 것이라며 아이들에게 이야기해 주는 사람은 이제 없었다. 그 신은 과거에 머물러 있었다. 사람들의 마음에는 기력을 다한 늙은 희망, 죽어 버리지도 못하게 하는 희망, 생에 대한 끈질긴 집착뿐인 희망만이 남아 있었다.

전날 밤 그랑은 약속 장소에 나타나지 않았다. 걱정된 리외는 새벽부터 그의 집에 들렀지만 만나지 못했다. 그 소식은 모두에게 전달되었다. 11시 즈음 랑베르가 병원으로 찾아와 그랑이 다 죽어 가는 몰골로 거리를 헤매는 것을 멀리서 보았노라고 전했다. 리외는 타루의 차로 그랑을 찾아 나섰다.

정오가 되었는데도 날씨는 온몸이 얼어붙듯 추웠다. 리외는 어느 상점 진열장에 매달려 몸을 바싹 붙이고 있는 그랑을 발견했다. 그곳에는 나무를 조악하게 깎아 만든 장난감들이 진열되어 있었다. 늙은 시청 직원의 얼굴은 눈물로 범벅되어 있었다. 그 눈물의 이유를 알고 있었기에 리외의 마음도 흔들렸다. 리외는 목구멍 깊이 울컥했다. 크리스마스 날, 선물 가게 앞에서 약혼했던 불행한 사내와 그 남자에게 기대며 기쁘다고 이야기했던 잔을 리외 역시 기억하고 있었다. 그랑의 가슴속에 잔의 해맑은 음성이 요동치고 있었다. 리외는 울고 있는 노인이 그 순간 무엇을 생각하고 있는지 너무나 잘 알고 있었다. 리외 역시 그렇게 생각했다. 사랑이 없는 세상은 죽은 세상이다. 격리, 노동, 의무에 지친 사람들은 언제나 사랑했던 사람의 얼굴과 따뜻함, 경이로운 그 마음을 갈망한다.

그랑은 유리에 비친 리외를 알아보았다. 그는 눈물을 거두지 않고 몸을 돌려 유리에 등을 기대고는 자신에게 다가오는 리외를 쳐다보았다.

"오! 선생님, 선생님!" 그는 더 말할 수 없었다.

리외 역시 차마 말이 나오지 않아 희미하게 고개를 끄덕였다. 그랑의 슬픔은 리외의 슬픔이기도 했다. 모든 사람이 공유하고 있는 고통 앞에서 가슴을 쥐어뜯는 분노가 일었다.

"그래요, 그랑." 리외가 말했다.

"그녀에게 편지 한 장 쓸 시간을 가지고 싶었습니다. 그녀가 알 수 있도록……. 그녀가 후회 없이 행복할 수 있도록 말입니다."

리외가 거의 강제로 그랑을 붙잡고 걸어갔다. 그는 거의 끌려가다시피 하면서도 중얼중얼 말을 이었다.

"너무 길어요! 너무 오래 끌고 있어요. 이제 될 대로 되라 하고 싶어요. 어떤 날은요. 오, 선생님, 제가 다른 사람들처럼 차분해 보인다는 것을 알아요. 하지만 평범하기 위해서는 끔찍한 노력이 필요하죠. 그런데 말이죠. 그 정도도 이젠 제게 무리입니다."

그는 광기 어린 눈으로 사지를 부르르 떨다가 그만 자리에서 멈추었다. 리외는 그의 손을 잡았다. 손이 타는 듯이 뜨거웠다.

"이제 들어가셔야죠."

그러나 그랑은 리외의 손을 빠져나가 몇 걸음 뛰더니 멈춰서서 양팔을 벌리고 앞뒤로 휘청거렸다. 그는 제자리를 빙글빙글 돌다가 그만 차가운 보도로 엎어졌다. 그는 여전히 울고 있었다. 지나가는 사람들은 감히 그에게 다가가지 못하고 멀리서 지켜보기만 했다. 리외는 팔을 뻗어 노인을 일으켰다.

침대에 누운 그랑은 숨이 막히는 듯 호흡이 가빠졌다. 이미 폐가 감염된 상태였다. 리외는 생각에 잠겼다. 그랑에게는 가족이 없었으므로 병원으로 이송할 필요가 사실 없었다. 그랑을 돌보아줄 사람은 타루와 자기밖에 없을 것 같았다.

그랑은 베개에 머리를 파묻고 타루가 궤짝 조각으로 벽난로에 지펴 놓은 약한 불길을 물끄러미 보고 있었다. 그의 안색은 파리하고 눈빛은 흐릿했다. "상태가 좋지 않아요." 그랑이 말할 때마다 폐 깊은 곳에서 불길에 휩싸인 듯 탁탁 소리가 났다. 리외는 그에게 말하지 말라고 제안하며 곧 다시 오겠다고 약속했다. 환자의 얼굴에 야릇한 미소가 번지더니 애정 같은 것이 피어올랐다. 그는 힘겹게 눈을 깜빡이며 "제가 만약에 병이 나으면 모자를 벗고 선생님께 경의를 표할게요."라고 말했다. 그러나 곧 그는 극도의 탈진 상태가 되었다.

리외와 타루가 몇 시간 후 그를 다시 찾아갔을 때, 환자는 침대에서 몸을 반쯤 일으키고 앉아 있었다. 그의 얼굴에서 병의 진행을 읽은 리외는 겁이 났다. 재앙이 그의 몸을 태우고 있는 듯 보였다. 그러나 환자의 정신은 한결 맑아진 듯했다. 그는 곧 낯설고 공허한 목소리로 서랍에 넣어 둔 원고를 가져다 달라고 부탁했다. 타루가 종이 뭉치를 건네자, 그는 그것을 보지도 않고 꼭 한 번 껴안더니 의사에게 내밀며 읽어 달라는 몸짓을 했다. 50여 페이지 정도의 가벼운 원고였다. 리외는 몇 장을 넘겨보고는 그 원고가 수없이 다시 베끼고, 고치고, 덧붙이거나 지워져 있다는 것을 알았다. 계속해서 5월이니, 말을 타는 여인이니, 불로뉴 숲의 오솔길이니 하는 말들이 여러 방식으로 끊임없이 비교되고 배열되어 있었다. 이런저런 설명도 붙어 있었고, 어떤 것은 과하게 길어 수정된 문장도 있었다. 마지막 페이지에는 아직 잉크도 채 마르지 않은 '나의 사랑스러운 잔, 오늘은 크리스마스……'라는 손 글씨가 적혀 있었다. 그 위에는 마지막 문장이 정성스러운 글씨체로 적혀 있었다. 그랑이 "읽어 주세요."라고 말했다. 리외는 읽기 시작했다.

"5월 어느 화창한 아침에 날씬한 여인 한 명이 윤이 나는 밤색 암말을 타고 꽃이 가득한 숲의 오솔길을 달리고 있었다."

"그건가요?" 노인이 열에 들뜬 목소리로 물었다.

리외는 차마 그를 볼 수 없었다.

"아! 저도 알아요. 화창한, 화창한, 적절한 단어가 아니지요."

리외는 이불 위에 놓인 그랑의 손을 잡았다.

"그렇지 않아요. 선생님, 너무 늦었어요. 이제 시간이 없어요."

그랑은 가슴에 이는 통증으로 잠시 괴로워하다가 이내 소리쳤다.

"그 종이를 태워 주세요!"

그랑이 너무나 끔찍한 목소리로 이 말을 고통스럽게 반복했기 때문에 리외는 주저하다가 거의 꺼져 가는 불길 속으로 종이를 내던졌다. 한순간 방이 밝아지면서 방 안이 따듯해졌다. 리외가 환자 곁으로 돌아왔을 때, 그는 얼굴을 벽에 바짝 붙이고 등을 돌리고 누워 있었다. 타루는 주변과 무관하다는 듯 창밖을 내다보았다. 혈청 주사를 놓은 리외는 타루에게 그랑이 오늘 밤을 넘기지 못할 것 같다고 말했다. 타루는 자기가 남겠다고 자청했다.

그랑이 죽어 가고 있다는 생각에 리외는 잠을 설쳤다. 그러나 다음 날 아침 리외가 다시 찾아갔을 때, 그랑은 침대에 앉아 타루와 이야기를 나누고 있었다. 전반적인 쇠약 증세는 있었지만 열은 없었다.

"선생님! 제가 잘못 생각했어요. 하지만 다시 시작할 거예요. 다 기억하고 있거든요. 두고 보세요." 시청 직원이 말했다.

"기다려 보자고요." 리외가 타루에게 말했다.

그러나 정오가 되어도 아무런 변화가 없었다. 저녁이 되자 그랑은 회복 증세를 보였다. 그랑이 살아난 것이다. 그러나 리외는 그 이유를 전혀 알 수 없었다.

비슷한 시기, 거의 절망적이라고 판단해 병원에 이송되자마자 격리된 한 여자 환자가 있었다. 그 환자는 정신이 혼미해진 상태로 연신 헛소리를 해 댔고, 폐렴형 페스트의 모든 증상을 다 가지고 있었다. 그러나 다음 날 아침이 되자 열이 떨어져 있었다. 의사는 그랑의 경우와 마찬가지로 아침나절에 나타나는 일시적 완화 현상일 것으로 판단하고 경험상 나쁜 징후라고 여겼다. 그런데 정오가 되어도 열이 다시 오르지 않았다. 단, 저녁이 되었을 때 몇 도 정도 올랐는데 이튿날 아침 그 열도 완전히 사라졌다. 젊은 여성 역시 기력이 없긴 했지만, 침대에 누워 편안하게 호흡을 이어 갔다. 리외는 타루에게 그녀의 회복이 "모든 규칙을 위반한 것."이라고 말했다. 그리고 그런 사례는 리외의 관할 구역에서 네 건이나 더 발생했다.

같은 주 주말, 늙은 천식 환자는 대단히 흥분한 듯 온갖 부산을 떨면서 리외와 타루를 맞이했다.

"이제 됐어. 그놈들이 다시 기어 나오기 시작했어." 그가 말했다.

"뭐가요?"

"쥐 말이야. 쥐!"

죽은 쥐는 지난 4월 이후 단 한 마리도 발견되지 않았다.

"그럼 다시 시작되는 건가요?" 타루가 리외에게 말했다.

노인은 계속 손을 비볐다.

"그놈들이 뛰어다니는 걸 봐야 한다니까. 거, 잘됐어!"

노인은 살아 있는 쥐 두 마리가 거리로 난 문을 통해 자기 집으로 들어오는 것을 보았다고 했다. 이웃 몇몇도 집에 쥐가 다시 나타나기 시작했다고 그에게 일러 주었다고 했다. 집마다 서까래 위에서 몇 달 전부터 잊고 지낸 바스락거리는 소리가 들리기 시작했다. 리외는 매주 초에 있던 종합 통계 발표를 기다렸다. 사망률이 줄고 있었다.

La Peste

Prix Nobel
de
littérature

오랑 사람들은 갑작스러운 증세 호전에 선뜻 기뻐하지 못했다. 예상하지 못했던 탓도 있지만, 페스트 상태로 몇 달을 지내면서 그들은 벗어나기를 원하는 만큼 신중함도 배웠기 때문이다. 전염병이 곧 끝날 것이라는 기대는 점점 사라지고 없었다. 사람들은 드러내 놓고 희망에 대해 말하지는 않았지만, 새로운 소식은 입에서 입으로 빠르게 퍼졌다. 마음속 깊은 곳에서 다시 커다란 희망이 움트기 시작했다. 나머지 일들은 모두 부차적이었다. 페스트 환자 역시 계속 생겨났지만, 사망자 수가 줄어들고 있었기에 별로 신경 쓰지 않았다. 공공연히 드러내지는 않아도 건강한 시절을 조심스럽게 기대했다. 사람들은 관심 없는 척하면서도 페스트 이후의 삶을 다시 어떻게 구체화할 것인가에 대해 이야기하기 시작했다.

과거에 누렸던 편리함을 단번에 회복할 수도 없을 것이고, 새로운 것을 만드는 것보다 파괴하는 것이 더 쉽다는 사실에 사람들은 동의했다. 그래도 식량 보급이라도 먼저 개선된다면 가장 절박한 걱정거리를 덜 수 있다고 기대했다. 대수롭지 않은 이런 대화의 기저에는 희망이 용솟음치고 있었고, 사람들은 종종 그것을 깨닫고는 내일 당장 해방되는 것은 아니라고 서둘러 마음을 진정시켰다.

페스트가 정말 다음 날 바로 멈추지는 않았다. 그러나 사람들의 예상보다 빠르게 약화하고 있었다. 정월 초순에는 이례적인 추위가 맹위를 떨쳐서 도시 하늘이 투명하게 얼어붙은 것 같았다. 그러나 하늘은 유례없이 푸르렀다. 찬란하게 얼어붙은 하늘에서 며칠 동안 도시 위로 빛이 쏟아져 내렸다. 깨끗이 정화된 대기 속에서 페스트로 희생된 사망자 수는 3주 연속 줄어들었다. 페스트는 수개월 동안 비축한 힘을 며칠 만에 거의 소진했다. 그랑이나 젊은 여성 환자의 경우처럼 거의 다 잡은 먹잇감을 맥없이 놓쳤다. 어떤 동네에서는 완전히 소멸했지만, 어떤 동네에서는 이틀이나 사흘 동안 증세가 악화했다. 또 월요일에는 포로의 수를 곱절로 늘렸다가 수요일이 되자 대부분 풀어 주는 식이었다. 요컨대 페스트는 폭력에 접근하는 방식이 완전히 무력화되었다. 이는 피로와 분노로 페스트의 힘이 와해하고 있다는 인상을 주었다. 자신에 대한 통제력뿐만 아니라 비장의 카드인 무자비한 수학적 능력마저도 상실하는 것 같았다. 지금까지 성공한 적이 없었던 카스텔의 혈청은 갑자기 효과를 보이기도 했다. 이전까지 아무 소용없던 의사들의 조치도 갑자기 성공을 거두었다. 이번에는 페스트가 궁지에 몰린 것 같았고, 페스트의 힘이 약해지자 지금까지 소용없던 무기마저 힘을 받는 것 같았다. 드물게 전염병이 완강하게 버티며, 완치할 것으로 예상했던 환자 서너 명이 이유도 없이 나빠져 죽기도 했다. 그들은 운이 없었는지 희망의 절정에서 페스트에 살해된 사람들이었다. 오통 판사가 그런 경우였다. 실제로 타루는 그가 운이 없었다고 말했다. 하지만 판사의 죽음을 두고 한 말인지, 판사의 삶 자체를 두고 한 말인지 명확하지 않았다.

전반적으로 전염병은 모든 전선에서 후퇴하고 있었다. 도청의 발표도 처음에는 소극적으로 옅은 희망만 내비치더니 급기야 승리가 확실하며 전염병이 진지를 포기하고 퇴각하고 있다고 발표했다. 사실 승리라고 단정하기에는 어려운 상황이었지만, 사람들은 페스트가 부지불식(不知不識)으로 찾아왔듯이 그렇게 가는 것이라고 받아들였다. 병을 대응하는 방법이 변한 것도 아니었는데 어제까지는 효과가 없다가 오늘부터 뚜렷한 효과를 보이기 시작했으므로 단지 운이 좋았거나, 제풀에 넘겨졌거나, 소기의 목적을 달성해 더는 머무를 필요가 없어졌다고밖에 달리 설명할 길이 없었다. 한마디로 제 역할이 끝난 것이다.

그런데도 시내는 변한 것이 없었다. 낮에는 조용한 거리가 저녁이면 외투 차림에 목도리를 두른 군중으로 가득했다. 극장과 카페도 여전히 사람들로 붐볐다. 그러나 자세히 살피면 사람들의 표정이 훨씬 온화해졌다. 그런 사실은 지금껏 누구도 거리에서 웃지 않았다는 사실을 상기시켰다. 도시를 덮고 있던 어두운 장막에 틈이 생겼고, 월요일 라디오 보도가 그 틈새를 더욱 벌렸다. 덕분에 사람들은 드디어 숨통이 트이는 느낌을 받았다. 아직 솔직하지 못한 소극적인 안도감이었지만 기차가 떠났다, 선박이 도착했다, 자동차 운행이 다시 허가된다는 등의 소식을 접하면 이전에는 의심만 했던 것과 달리 이제는 그런 발표를 들어도 아무도 놀라지 않을 것이다. 이런 변화가 대단한 것은 아니었지만, 그 미묘한 차이가 사람들에게 희망을 향해 일보 전진했다는 거대한 성취감을 안겨 주었다. 보잘것없어 보이던 희망이 실현 가능한 것으로 변모한 순간부터 페스트의 식민지 상태는 이미 끝난 것이다.

1월 내내 사람들은 이율배반적인 행동을 하곤 했다. 흥분했다가 의기소침해졌다. 통계 수치가 가장 희망적이었던 시기임에도 불구하고 탈출을 시도하기도 했다. 탈출은 대부분 보기 좋게 성공했고, 당국과 경비 초소는 매우 당혹스러워했다. 그 시기에 탈출을 감행한 사람들은 본능에 충실했다. 어떤 사람들은 페스트 때문에 깊은 회의에 빠졌고, 그 상태에서 헤어 나오지 못했다. 페스트의 점령은 끝났지만, 그들은 여전히 페스트의 법령에 지배받고 있었다. 그들은 시대에 뒤처지고 있었다. 반면 사랑하는 사람과 오랫동안 떨어져 지낸 사람들은 페스트가 점령하는 동안 감금당한 채 실의에 빠져 있다가 희망의 바람이 불자 자기 통제력을 잃고 말았다. 목적지를 코앞에 두고 페스트로 죽거나 사랑하는 이를 보지 못할 수도 있기 때문이었다. 길고 긴 고통의 세월을 견뎠는데, 아무것도 보상받지 못하고 끝날지도 모른다는 생각이 들자 공포가 엄습했다. 공포와 절망에도 굴복하지 않던 마음이 희망이 생기자 무너져 내린 것이다. 그들은 초조해서 기다릴 수 없었다.

그런데 그 시기에 낙관적인 전망이 나타났다. 물가가 현저하게 떨어진 것이다. 하지만 경제적인 관점에서 보자면 그런 현상은 쉽게 설명되지 않았다. 곤란한 상황은 여전했고, 검역 절차도 계속 이루어지고 있었다. 식량 보급도 좋아지지 않았다. 따라서 그런 현상은 페스트가 퇴각하면서 파급된 심리적인 효과로밖에 설명할 수 없었다. 전염병 때문에 와해된 조직에도 희망적인 소식이 들렸다. 시내에 있는 수도원 두 곳이 복구에 들어가며 집단생활을 다시 시작했다. 군인들은 텅 비어 있던 병영으로 다시 소집되었고, 병사에 주둔했다. 사소하지만 의미가 큰 징조였다.

1월 25일까지 주민들은 억누른 흥분 속에서 생활했다. 그 주에 통계 수치는 매우 낮아졌다. 도청은 의사협회의 자문을 구해 페스트 종식을 공표했다. 사람들의 동의를 전제한 공식 발표문에는 일을 신중히 마무리하기 위한 뜻에서 시의 외부 출입문은 향후 2주간 폐쇄를 유지하고, 예방 조치는 한 달 동안 지속한다는 내용이 담겨 있었다. 그 기간 중 재발 조짐이 조금이라도 발견되면 '현상 유지는 물론이고 그 이상의 조치를 연장'할 것이라고도 밝혔다. 그러나 사람들은 그저 형식적인 사항들로 간주할 뿐 크게 의미를 두지 않았다. 1월 25일 저녁, 즐겁고 흥분된 분위기가 도시를 가득 채웠다. 도지사는 도민들과 기쁨을 함께 나누기 위해 페스트 이전의 거리처럼 등화관제를 해제하라고 명령했다. 그러자 차갑고 맑은 하늘 아래 떠들썩한 무리가 미소를 지으며 환한 거리로 쏟아져 나왔다.

물론 여전히 덧문이 닫힌 집도 많았다. 환호의 밤이 이어지는 동안에도 어떤 가정은 침묵 속에서 보냈다. 그러나 상중에 있던 많은 사람도 소중한 사람을 또 잃을지도 모른다는 두려움이 사라졌기 때문에, 목숨을 지키기 위해 더는 전전긍긍하지 않아도 되었기 때문에 깊은 안도감을 느꼈다. 그러나 이러한 기쁨으로부터 멀리 떨어져 있는 이들도 분명 존재했다.

그 순간에도 페스트와 싸우고 있는 환자나 그의 가족들은 격리된 장소에서 다른 사람들처럼 자신에게 불어 닥친 재앙이어서 끝나기를 학수고대하고 있었다. 그들도 희망을 품었지만, 권리가 생길 때까지 그것을 꺼내고 싶은 유혹을 억누르고 있었다. 따라서 삶과 죽음, 그 점이 지대에서 침묵을 지키고 있는 이들에게 바깥의 기쁨과 환호의 소리는 더욱더 가혹하게만 들렸다.

그렇다고 이런 일부의 고통이 대다수 사람의 기쁨을 앗아가지는 못했다. 물론 페스트는 아직 끝나지 않았고 페스트가 그 사실을 입증할 수도 있었지만, 사람들은 몇 주 전부터 기차가 정적을 울리며 끝없이 펼쳐진 선로를 달리고, 선박이 빛나는 바다를 항해하는 장면을 머릿속에 그렸다. 다음 날, 흥분이 가라앉으면 다시 의심이 스멀스멀 피어오를지도 몰랐다. 그러나 지금은 돌로 된 뿌리를 박고 있던 도시 전체가 희망으로 요동치고 있었다. 생존자들을 가득 태우고 어둡고 폐쇄된 장소를 벗어나기 시작했기 때문이다. 그날 저녁, 타루와 리외, 랑베르는 군중과 함께 걸었다. 그들 역시 발이 땅에 닿지 않는 느낌을 받았다. 대로를 벗어나 덧문이 닫힌 인적 없는 골목을 걷고 있었지만, 타루와 리외의 귀에는 여전히 기쁨의 함성이 뒤따라오는 것 같았다. 피로 때문이었는지 덧문들 너머로 여전히 계속되는 고통과 조금 떨어진 거리를 가득 메

운 기쁨을 따로 떼어 놓고 생각할 수 없었다. 머지않은 해방
은 웃음과 눈물이 뒤섞인 얼굴을 하고 있을 것이었다.

웅성거리는 소리가 더 크고 즐겁게 울려 퍼지던 순간, 타
루가 걸음을 멈추었다. 어두컴컴한 보도 위를 검은 형체가
'휙' 하고 지나갔다. 고양이였다. 지난봄 이후 처음 보는 풍경
이었다. 고양이는 길 한복판에서 잠시 멈추고 망설이더니 한
쪽 발을 핥고는 재빨리 그 발로 오른쪽 제 귀를 긁었다. 그러
고는 어둠 속으로 소리 없이 사라졌다. 타루는 미소를 지었
다. 난간의 작은 노인도 기뻐할 것이다.

페스트가 알려지지 않은 자신의 소굴에서 소리 없이 나왔다가 다시 기어들어 가던 무렵, 타루의 수첩에 따르면 도시에서 적어도 한 사람이 망연자실했다. 바로 코타르였다.

사실 그의 수첩은 통계 수치가 줄기 시작한 무렵부터 상당 부분 이상해지고 있었다. 피로 탓인지 글씨는 읽기 힘들어졌고, 주제와 주제 사이의 비약이 지나치게 심했다. 무엇보다 객관성을 잃고 개인적 주관들이 많아졌다. 가령 코타르에 대해서 길게 서술하다가 갑자기 고양이에게 가래침을 뱉는 노인 이야기가 짧게 삽입되는 식이었다. 타루는 노인을 다시 보려고 노력한 점으로 미루어 전염병이 노인에 대한 호기심을 앗아 가지는 못한 것 같았다. 그러나 유감스럽게도 그는 노인에 관한 관심을 거둬야 할 것 같았다. 그는 노인을 만나기 위해 애썼다. 기억에 남을 1월 25일 저녁이 지나고 며칠 후, 타루는 그 좁은 거리 모퉁이에 서 있었다. 고양이들은 예전처럼 양지바른 곳에서 일광욕을 즐기고 있었다. 그러나 시간이 지나도 덧문은 열리지 않았다. 그래서 타루는 노인이 단단히 화났거나 죽었다는 다소 이상한 결론을 도출했다. 노인의 기분이 상했다면 그것은, 자신은 옳다고 생각하는데 페스트가 그에게 잘못을 저질렀기 때문이고, 노인이 죽었다면 늙은 천식 환자처럼 그 역시 성인이 아니었는가 하는 질문이 생긴다고 했다. 타루는 그렇다고 생각하지는 않았지만, 노인의 경우에는 그런 '증거'를 발견했다고 적었다.

수첩에는 코타르에 관한 관찰들과 함께 이런저런 단상들이 마구 뒤섞여 있었다. 그중에는 이제 회복기에 접어들어 아무 일도 없었다는 듯 다시 일을 시작한 그랑에 대한 것들도 있었고, 나머지는 리외의 어머니에 대한 것이었다. 타루가 리외의 집에 살게 된 이후부터 두 사람 사이에 오간 약간의 대화, 노부인의 지긋한 태도와 미소, 페스트에 관한 그녀의 생각들이 상세하게 적혀 있었다. 그는 부인의 겸손함, 간결하게 설명하는 말솜씨, 조용한 거리로 난 창문에 대한 애착, 석양이 방 안으로 가득 들어와 부인을 그림자로 만들던 저녁의 잔상, 몸을 꼿꼿이 세우고 두 손을 편안하게 늘어뜨린 채 주의 깊은 시선으로 창문 앞에 조용히 앉아 있는 부인의 모습, 이

방에서 저 방으로 이동할 때의 우아함, 타루에게 확연히 드러내지는 않았지만 행동이나 말에서 분명히 감지할 수 있는 선량함. 끝으로 그녀는 오래 생각하지 않아도 이미 모든 것을 다 알고 있었고, 그래서 그토록 짙은 침묵과 어둠에 묻혀 있으면서도 그 어떤 빛이나, 심지어 그것이 페스트라는 빛이라도 초연하게 대처할 수 있었다고 강조했다. 그런데 이 대목부터 타루의 글씨는 기력이 쇠한 듯 완전히 엉망이었다. 이어지는 몇 줄은 읽기가 상당히 어려웠고, 마치 자기 통제력을 상실했다는 것을 입증하려는 듯 마지막 줄에는 처음으로 개인적인 이야기가 담겨 있었다.

나의 어머니가 떠오른다. 나는 어머니의 겸손을 사랑했고, 언제나 다시 만나고 싶은 사람 역시 바로 나의 어머니였다. 돌아가신 지 벌써 8년이 지났지만, 나는 어머니가 돌아가셨다고 믿지 않는다. 그녀는 평소보다 조금 더 자신을 드러내지 않는 것뿐이다. 그래서 내가 뒤돌아보았을 때 그곳에 없는 것이다.

코타르 이야기로 돌아가자. 사망자 수가 줄어들자 코타르는 이런저런 이유로 리외를 찾아왔다. 대개 전염병의 추이를 물었다. "병이 이런 식으로 갑자기 예고도 없이 단번에 멈추는 것이 가능하다고 생각하십니까?" 그는 회의적이라고 공공연하게 말하고 다녔다. 그러나 자꾸 되묻는 것을 보면 결코 확신하지는 못하는 듯했다. 1월 중순, 리외는 상당히 낙관적인 대답을 해 주었다. 그러나 그 대답들은 코타르를 기쁘게 하지 못했다. 때에 따라 불쾌감도 드러냈다. 심지어 낙담까지 했다. 그래서 통계 수치가 아무리 희망적이어도 승리를 장담하는 건 섣부르다고 말해야 할 지경이었다.

"그러니까 다시 말하자면 아무것도 알 수 없다는 이야기인가요? 어느 날 갑자기 다시 시작될 수 있다, 그런 건가요?" 코타르가 사태를 전망하듯 물었다.

"네, 회복 속도가 더욱 빨라질 수 있는 것처럼 반대의 경우도 가능하죠."

모두에게 불안을 조성하는 이런 대답이 오히려 코타르를 진정시켰다. 어느 날은 타루가 자기 동네 상인들과 대화하던 중에 코타르는 리외의 견해를 널리 퍼뜨리려고 노력했다. 사실 굳이 애쓸 필요도 없었다. 도청의 발표를 듣고 흥분했던 많은 사람은 승리에 대한 희열이 사라지자 다시 의구심을 품기 시작했다. 코타르는 사람들이 불안에 떨자 안도감이 들었다. 그러다가 다시 의기소침해져서 타루에게 물었다. "그래요. 결국 시의 출입문이 열리겠죠? 그럼 다들 나 같은 건 붙잡혀도 전혀 신경 쓰지 않을 거예요. 두고 보세요."

1월 25일이 되자 그의 상태가 불안정하다는 것을 모두 알

왔다. 동네 사람들이나 아는 사람들과 그렇게 잘 지내려고 오랫동안 애쓰더니 최근 며칠간은 만났다 하면 싸우기 일쑤였다. 어쨌든 그는 사람들이 보기에 하룻밤 사이에 세상과 담을 쌓고 고립하기로 작정한 사람 같았다. 식당이나 극장, 좋아하는 카페에서도 다시는 그를 볼 수 없었다. 그렇다고 페스트 창궐 이전의 화려하지 않고 절도 있는 생활로 돌아간 것 같지도 않았다. 그는 자기 아파트에 틀어박혀 음식도 근처 식당에서 배달을 시켜 먹었다. 저녁때면 사람들 눈을 피해 밖으로 나와 필요한 물건을 사고는 가게에서 나오자마자 인적 없는 거리로 재빨리 사라졌다. 타루는 그와 마주친 적이 있었는데, 짧게 한두 마디 주고받았을 뿐이었다. 그러다가 느닷없이 사교적으로 변해서 페스트에 관해 장황하게 떠들기도 했다. 그러면서 다른 사람의 의견을 부추기고 저녁마다 파도처럼 밀려드는 군중과 우쭐거리며 어울려 다녔다.

도청의 발표가 있던 날, 코타르는 완전히 자취를 감추었다. 이틀 뒤, 타루가 거리를 헤매고 있는 그를 만났다. 그는 타루에게 변두리 지역까지 동행해 달라고 부탁했다. 타루는 그날 몹시 피곤해서 조금 주저했지만, 상대는 막무가내였다. 코타르는 몹시 흥분한 듯 사방으로 몸을 움직이며 큰 소리로 떠들어 댔다. 그는 타루에게 도청의 발표로 페스트가 정말 종식되는 것이냐고 물었다. 타루는 당국의 발표 그 자체로 재앙이 끝나는 것은 아니지만, 이변이 없다면 전염병은 끝나가고 있다고 충분히 판단할 수 있다고 대답했다.

"그렇죠. 뜻밖의 일이 일어나지 않고서야 그렇겠죠. 그렇지만 예상치 못한 일은 언제나 일어나는 법이죠." 코타르가 말했다.

타루는 도시 출입문 개방 시점이 2주 정도 남았으니 예상치 못한 경우를 대비하고 있는 것 아니겠느냐고 말해 주었다.

"그것 잘됐군요." 코타르가 여전히 우울하고 흥분한 상태로 말했다. "일의 추세로 미루어 도청에서 괜한 소리를 한 것인지도 모르죠."

타루는 그럴 수도 있지만 곧 출입문이 열릴 테니 정상적인 삶으로 복귀했을 때를 대비해 마음의 준비를 하는 편이 더 나을 것이라고 귀띔했다.

"네, 그렇다고 쳐요. 그런데 정상적인 생활로의 복귀란 무슨 의미죠?"

"극장에 새 필름이 들어오는 거죠." 타루가 웃었다.

코타르는 웃지 않았다. 그는 페스트가 이 도시에 그 어떤 변화도 주지 않았는지, 모든 일이 예전처럼, 즉 아무 일도 없던 것처럼 다시 시작할 수 있을지 궁금했다. 타루는 페스트가 이 도시를 변화시킬 수도, 그러지 않을 수도 있으며, 사람들은 아무 일도 없었다는 듯 살아가고 싶어 할 것이라고 말했다. "따라서 어떤 의미에서는 아무런 변화가 생기지 않을 테지만, 어떤 의미에서 우리는 완전히 망각할 수 없다는 거죠. 페스트는 어떤 식으로든 사람들 마음에 상흔을 남길 겁니다." 그러자 키 작은 연금 생활자는 자기는 사람들 마음에는 관심도 없고, 그것을 준다고 하더라도 그건 나중의 일이라고 잘라 말했다. 그의 관심사는 오로지 도시의 구성 조직 자체가 변화할 가능성이 있느냐였다. 가령 모든 부서가 과거의 기능을 그대로 유지할 것인지를 알고 싶다고 했다. 타루는 그것에 대해 아는 바가 없다고 시인했다. 도시의 기관들은 전염병 기간에 거의 마비 상태가 되었으니 정비하려면 시간이 조금 걸릴 것 같다는 생각을 전했다. 새로운 문제가 수도 없이 제기될 것이고, 그렇게 되면 기존 기관들은 재편성될 가능성이 있기 때문이다.

"아! 맞아요. 그겁니다. 모두 전부 다시 시작해야겠지요."

코타르가 말했다.

길을 걷던 두 사람은 코타르의 집 근처에 다다랐다. 코타르는 활기를 되찾았고 낙관적으로 생각하려고 했다. 백지상태로 다시 출발하기 위해, 그는 과거를 청산하고 새롭게 살 수 있는 도시를 상상하고 있었다.

"그럼요. 어쨌거나 선생을 위해서도 상황은 더 나아질 겁니다. 어떤 의미로 새로운 삶이 시작되는 거잖아요."

그들은 문 앞에서 악수했다.

"맞습니다. 백지상태에서 출발한다면 더없이 좋을 것 같아요." 코타르가 점점 더 흥분하면서 말했다.

그때 어두컴컴한 복도에서 두 남자가 불쑥 나타났다. 저 사람들이 왜 왔는지 모르겠다는 코타르의 말을 들을 사이도 없이 사복 경찰처럼 보이는 사람들이 코타르에게 그가 맞는지 물었다. 코타르는 무거운 탄식을 내뱉으며 그들이나 타루가 어찌 해 볼 겨를도 없이 잽싸게 몸을 돌려 어둠 속으로 도망쳤다. 놀라움이 진정되자 타루는 그들에게 무슨 일이냐고 물었다. 그러자 그들은 신중하고 공손한 태도로 조사할 일이 있다고 말하더니 코타르가 사라진 방향으로 가 버렸다.

집에 돌아온 타루는 이러한 상황을 기록하면서 피로하다고 덧붙였다. 그의 글씨가 상태를 충분히 드러내고 있었다. 아직도 해야 할 일이 산더미처럼 쌓여 있지만, 그렇다고 준비를 게을리 해야 하는 건 아니라면서 과연 자신이 준비되었는지 자문했다. 그러면서 밤낮으로 인간이 비겁해지는 시각이 있는데, 자신이 두려워하는 것은 오직 그 시각뿐이라는 말로 대답을 대신했다. 그것이 수첩의 마지막 내용이었다.

다음 날, 리외는 자신이 기다리던 전보가 와 있지 않을까 내심 기대하며 집으로 돌아왔다. 정오였고, 출입문이 열리기 며칠 전이었다. 그때도 그의 하루는 페스트가 절정이었던 시절 못지않게 고되었지만, 그래도 곧 해방될 것이라는 기대에 덜 피로했다. 이제 그는 다시 희망을 품었고, 그것은 삶에 새로운 열정을 불어넣었다. 누구도 자신의 정력과 의지의 임계점에서 항상 긴장하고 애쓰며 살 수는 없다. 바짝 경직된 신경과 근육을 이완시킬 수 있다는 것은 기쁨이다. 만약 기다리던 전보도 기분 좋은 소식이라면 리외는 새롭게 시작할 수 있을 것이다. 그는 모두 다시 시작해야 한다고 생각했다.

　리외가 수위실 앞을 지나가자, 새로 온 수위가 유리창에 얼굴을 바짝 대고 웃었다. 리외는 계단을 올랐다. 수위의 얼굴은 고갈과 궁핍으로 창백했지만, 미소가 그의 눈앞에 아른 거렸다.

그렇다. 추상의 시간이 끝나고 운이 좋다면 그는 새로운 출발을 할 것이다. 그는 문을 열며 이런 생각을 하고 있었다. 어머니가 그를 맞이하러 나오며 타루의 상태가 별로 좋지 않다고 일러 주었다. 아침에 일어났지만 외출할 형편이 아니라 지금 막 다시 자리에 누웠다는 것이다. 리외의 어머니는 불안해하고 있었다.

"아마 별일 아닐 거예요." 아들은 말했다.

타루는 반듯이 누워 머리를 베개에 깊숙이 파묻고 있었다. 두꺼운 이불 밑으로 단단한 가슴이 드러났다. 열이 오른 타루는 두통 때문에 괴로워하며 확실하지는 않았지만 증세로 보아 페스트 같다고 말했다.

"확실한 건 아직 아무것도 없어요." 진찰을 마친 리외가 말했다.

그러나 타루는 심한 갈증으로 괴로워했다. 복도로 나온 리외는 어머니에게 페스트 초기 증상 같다고 말했다.

어머니는 "말도 안 돼. 인제 와서 어쩜 이럴 수가!"라고 말하며 곧 말을 이었다.

"베르나르, 집에서 우리가 보살피자꾸나."

리외는 잠시 생각에 잠겼다.

"엄밀히 말하자면 저에게는 그럴 권리가 없어요. 곧 시의 출입문도 개방될 거고, 어머니만 계시지 않았다면 제가 먼저 그렇게 했을 거예요."

"베르나르, 우리 둘 다 집에 머물게 해 주렴. 너도 알다시피 나는 예방 주사도 며칠 전에 맞았잖니."

예방 주사를 맞은 건 타루도 마찬가지였다. 그러나 너무 피로한 나머지 마지막 혈청 주사를 빼먹었거나, 몇 가지 주의 사항을 잊어버렸을 수 있다고 의사가 말했다.

리외는 서둘러 진료실에 들러 혈청 주사를 가져왔다. 타루 는 그의 손에 들린 엄청난 양의 혈청 앰풀(주사제 1회분을 넣는 유리제의 작은 용기)을 보았다.

"역시 페스트군요." 타루가 말했다.

"예방하는 겁니다."

타루는 대답 대신 팔을 내밀어 자신이 다른 환자에게 놓았 던 그 주사를 오랫동안 맞았다.

"오늘 저녁까지 지켜봅시다." 리외는 타루를 바라보며 이 렇게 말했다.

"격리되는 건가요?"

"페스트인지 아직 확실치 않은걸요."

타루가 애써 웃었다.

"혈청 주사를 놓으면서 격리 지시를 하지 않는 건 처음 보네요."

리외가 시선을 돌렸다.

"어머니와 저, 둘이 돌볼 겁니다. 여기가 더 나을 거예요."

타루는 입을 다물었다. 앰풀을 정리하던 의사는 환자가 무슨 말을 하면 돌아보기 위해 잠시 기다리다가 결국 그가 먼저 침대 쪽으로 다가갔다. 환자는 그를 보고 있었다. 얼굴에 피곤한 기색이 역력했지만, 회색빛 눈은 편안해 보였다. 리외가 그를 보며 웃었다.

"가능하면 푹 자 둬요. 곧 돌아올게요."

의사가 문 앞까지 갔을 때 타루가 부르는 소리가 들렸다. 리외는 몸을 돌렸다.

타루는 잠시 망설이다가 말을 꺼냈다.

"리외, 사실대로 말해 주세요."

"약속할게요."

미소를 짓자 타루의 커다란 얼굴이 살짝 일그러졌다.

"고맙습니다. 저는 아직 죽고 싶지 않으니 싸울 거예요. 그러나 승산이 없다면 미련 없이 죽고 싶어요."

리외는 몸을 숙여 그의 어깨를 감싸 줬다.

"아니요. 성인이 되려면 싸워야지요. 살아야 해요."

혹독했던 추위는 낮이 되자 좀 누그러졌다가 오후가 되니 우박이 섞인 소나기가 내렸다. 해 질 무렵에는 하늘이 조금

맑아지는 듯하더니 살을 에는 추위가 시작되었다. 저녁이 다 되어서야 돌아온 리외는 외투도 벗지 않고 친구의 방으로 향했다. 리외의 어머니는 뜨개질을 하고 있었다. 타루는 미동도 없이 누워 있었던 것 같았다. 열 때문에 허옇게 뜬 입술이 그가 얼마나 열심히 싸우고 있는지 말해 주고 있었다.

"좀 어때요?" 의사가 물었다.

타루는 이불 밖으로 나온 어깨를 으쓱해 보였다.

"그게……. 아무래도 싸움에서 질 것 같아요."

의사가 그에게로 몸을 굽혔다. 고열에 림프샘은 딱딱하게 굳어 있었다. 가슴에서는 대장간 풀무 같은 요란한 소리가 났다. 타루는 이상하게 두 가지 증세를 동시에 보였다. 리외는 몸을 일으켜 혈청의 효력이 나타나려면 충분한 시간이 더 필요하다고 말했다. 타루는 몇 마디를 하고 싶었지만, 목구멍에서 파도처럼 솟구친 뜨거운 열기가 그의 말을 덮쳤다.

저녁 식사 후 리외와 어머니는 환자의 곁을 지켰다. 환자에게 밤은 페스트와 벌이는 투쟁의 시작이었고, 새벽까지 힘겹게 싸워야 한다는 것을 그들은 알고 있었다. 타루의 건장한 어깨와 가슴은 페스트와 맞설 최고의 무기는 아니었다. 그것보다 리외가 주삿바늘로 뽑아낸 피, 그 핏속에 담긴 영혼보다 내밀한 무엇. 과학의 힘으로도 밝힐 수 없는 그 무엇이 차라리 최선이었다. 리외는 친구의 전투를 지켜볼 수밖에 없었다.

몇 달 동안 실패를 거듭했기에, 고름을 촉진한다거나 강심제를 주사하는 것이 별 의미가 없다는 사실을 리외는 너무나 잘 알고 있었다. 그가 할 수 있는 일이라고는 운에 기대는 일뿐이었다. 운은 반드시 작동해야만 했다. 리외는 페스트의 예기치 못한 등장에 당황하고 있었다. 페스트는 상대의 전략을 무력화하기 위해 다시 한번 화력을 불태우고 있었다. 그리하여 전혀 예상치 못한 국면에서 나타나기도 하고, 이미 자리를 잡았던 곳에서 홀연히 사라지기도 했다. 페스트는 다시 한번 사람들을 뒤흔들기 위해 갖은 노력을 다하고 있었다.

타루는 몸을 꼼짝하지 않았지만 열심히 싸우고 있었다. 고통이 엄습해도 그는 몸부림치지 않고 침묵했다. 단 한 순간도 방심할 수 없다는 사실을 나름 받아들인 것이다. 리외는 오직 끔뻑이는 친구의 눈을 통해, 경직되거나 혹은 이완되는 눈꺼풀과 어머니로 옮겨 가는 시선 같은 것을 통해 그의 투쟁의 경과를 가늠해 볼 뿐이었다. 타루는 리외와 시선이 마주칠 때마다 힘겹게 미소를 지었다.

갑자기 거리에서 사나운 짐승 소리에 쫓겨 급하게 달아나는 듯한 발걸음 소리가 들렸다. 멀리에서 들리던 천둥소리가 점점 가까워지더니 마침내 비가 내렸다. 거리는 빗줄기 소리로 가득 찼다. 얼마 지나지 않아 빗줄기는 우박으로 바뀌었다. 우박이 부서지는 소리가 났다. 창문에 달린 커다란 커튼

이 바람에 휘날렸다. 어두운 곳에 서 있던 리외는 잠시 비에 정신이 팔렸다가 다시 타루를 보았다. 머리맡에 놓인 램프 불빛이 타루를 비추고 있었다. 리외의 어머니는 뜨개질을 하며 이따금 고개를 들어 환자를 살펴보았다. 이제 그는 의사로서 해야 할 일을 모두 다했다. 비가 그치고, 방 안의 침묵이 더욱 거세졌다. 보이지 않는 전쟁은 계속되고 있었고, 소리 없는 혼돈만이 가득했다. 수면 부족으로 신경이 예민해진 탓인지 리외는 페스트가 유행하던 내내 자신을 따라다니던 부드럽고 규칙적이던 휘파람 소리가 적막의 끝에서 들려오는 것 같았다. 그는 어머니에게 그만 자라는 몸짓을 했다. 그러나 그녀는 고개를 젓더니 코의 개수가 맞는지 세어 보았다. 리외는 일어나 환자에게 물을 먹이고는 다시 돌아와 앉았다.

비가 잠시 그친 틈을 타 행인들은 거리를 서둘러 걸어갔다. 발걸음 소리가 멀어지며 줄어들었다. 사람들이 늦은 밤까지 산책하고, 구급차 사이렌도 들리지 않는 이 밤이 전염병이 시작되기 전과 비슷하다는 것을 의사는 그제야 깨달았다. 해방의 밤이었다. 추위와 햇빛, 군중에게 쫓겨난 페스트가 도시의 어둡고 후미진 곳을 가까스로 빠져 나와 따뜻한 이곳으로 숨어들어 꼼짝없이 누워 있는 타루의 몸에 최후의 공격을 퍼붓고 있었다. 재앙은 도시의 하늘을 더 휘젓지 않았지만, 바로 이 방의 무거운 공기 속에서 나지막이 휘파람을 불고 있었다. 몇 시간 전부터 리외의 귀에 들리는 소리가 바로 그것이었다. 리외는 이번에도 그것이 스스로 멈추기를, 이 방에서도 페스트가 패배를 스스로 선언하기를 기다려야만 했다.

새벽이 되기 전, 리외는 어머니에게 몸을 기울이며 말했다.

"8시에 저와 교대할 수 있도록 눈 좀 붙이세요. 눕기 전에 소독하는 거 잊지 마시고요."

리외 부인은 자리에서 일어나 뜨개질거리를 챙겨 침대로 갔다. 타루는 이미 눈을 감고 있었다. 담담한 이마로 진땀이 흘러 축축하게 젖은 머리카락이 엉켜 있었다. 어머니가 한숨을 쉬자 타루가 눈을 떴다. 타루는 고열로 시달리면서도 온화하게 자신을 굽어보는 얼굴을 향해 웃어 보였다. 하지만 이내 눈이 감겼다. 혼자 남게 된 리외는 어머니가 앉아 있던 안락의자에 앉았다. 거리는 이제 조용했다. 차가운 새벽 공기가 방 안에 감돌기 시작했다.

의사는 깜빡 선잠이 들었다가 지나가는 새벽 첫 마차 소리에 깼다. 오한이 느껴졌다. 타루는 상태가 일시적으로 진정되어 잠들어 있었다. 나무와 쇠로 된 마차 바퀴 소리가 멀리서 들렸다. 창문을 보니 바깥은 아직 어두컴컴했다. 의사가 침대로 다가가자 타루가 잠이 덜 깬 눈으로 그를 보았다.

"잠든 것 맞죠?" 리외가 물었다.

"네."

"숨 쉬는 건 좀 어때요?"

"조금 편해졌어요. 그런데 그게 무슨 의미가 있나요?"

"아니요. 아침이면 일시적으로 진정되는 거 알잖아요. 아무 의미가 없죠."

"고마워요. 계속 그렇게 정확하게 말씀해 주셔야 해요."

리외는 침대 발치에 앉았다. 환자의 다리가 바로 곁에서 느껴졌다. 죽은 사람의 것처럼 길고 딱딱했다. 타루의 숨소리가 더욱 거칠어졌다.

"또 열이 오르네요. 그렇죠, 리외?"

"네, 정오가 되면 알게 될 거예요."

타루는 힘을 비축하듯 눈을 감았다. 지친 기색이 얼굴에 역력했다. 몸 깊숙한 곳에서 도사리고 있는 열이 서둘러 치솟기를 기다리는 듯했다. 그는 눈을 떴다. 흐리멍덩한 눈이 자신을 보고 있는 리외를 발견하자 이내 밝아졌다.

"물 좀 마셔요." 리외가 말했다.

타루는 물을 마시고 다시 고개를 베개에 묻었다.

"오래 걸리네요." 그가 말했다.

리외가 그의 팔을 잡았지만, 타루는 시선을 돌린 채 아무런 기척도 하지 않았다. 내면의 둑이 무너지기라도 한 듯 열이 순식간에 이마까지 치솟았다. 타루가 다시 의사를 쳐다보자, 의사는 긴장한 얼굴로 그를 격려했다. 타루는 웃고 싶었지만, 얼굴이 시멘트처럼 굳은 것 같았다. 그런데도 두 눈동자는 아직 의기양양하게 빛났다.

7시가 되자 리외의 어머니가 방으로 들어왔다. 의사는 진료실로 가 병원에 전화를 걸어 대리 근무자를 요청했다. 그는 병원 진료를 나중으로 미루고, 자신의 진료실에 마련된 침대에서 잠시 눈을 붙이려다가 금세 방으로 갔다. 타루는 리외의 어머니 쪽으로 고개를 돌리고 있었다. 그는 자기 바로 곁에서 두 손을 다리 위에 모으고, 의자에 앉아 있는 그림자 같은 작은 형체를 보고 있었다. 타루가 강렬한 시선으로 부인을 보자, 그녀는 손가락 하나를 자신의 입술에 가져다 대고는 일어나 침대 옆 램프를 껐다. 그러나 커튼 뒤에서 햇볕이 빠르게 스며들었다. 잠시 후 환자의 얼굴이 어둠 속에서 드러났다. 그는 여전히 그녀를 보고 있었다. 부인은 몸을 세워 그의 베개를 바로잡고는 젖은 머리카락이 엉켜 있는 이마를 짚었다. 그가 꺼져 가는 목소리로 고맙다며 이제 괜찮다고 말했다. 그녀가 자리에 앉는 동안 타루는 다시 눈을 감았다. 입술은 굳게 닫혀 있었지만, 기진맥진한 얼굴에는 미소가 얼핏 감돌았다.

정오가 되자 열이 절정에 달했다. 깊은 곳에서부터 올라오는 기침이 환자의 몸을 뒤틀자, 그는 피를 토하기 시작했다.

림프샘은 더 부어오르지 않았지만 관절의 오금마다 나사처럼 단단히 박혀 그대로 있었고, 리외가 판단하기에 절제 수술은 불가능했다. 고열과 기침에 시달리면서도 타루는 이따금 자신의 친구들을 보았다. 곧 눈을 뜨는 횟수가 눈에 띄게 줄었다. 쇠약한 얼굴은 햇빛에 드러날 때마다 더욱 창백해졌다. 그의 온몸이 폭풍에 휩쓸린 듯 경련을 일으키며 요동치더니 빛마저 서서히 스러졌다. 타루는 격랑 속으로 점점 표류하고 있었다. 리외 앞에는 영원히 미소를 잃은, 이제 기력이 쇠한 하나의 가면만이 놓여 있을 뿐이었다. 그와 그토록 가깝던 한 인간이 그가 보는 앞에서 창에 찔리고, 감당 불가능한 재앙에 몸이 불타고, 하늘에서 불어오는 증오와 찬바람에 몸이 뒤틀리며 페스트의 강물에 침몰하고 있었다. 이 난파를 막기 위해 할 수 있는 일은 아무것도 없었다. 그는 재앙에 대항할 무기도 없이 빈손에 비통한 심정으로 강기슭에서 그저 지켜보아야만 했다. 참담한 패배 앞에서 무력한 눈물이 앞을 가려 타루가 갑자기 벽 쪽으로 돌아눕는 것도, 몸 어딘가에서 근원적인 현 하나가 끊어지듯 공허한 신음을 내며 숨을 거두는 모습도 보지 못했다.

다음 날은 투쟁이 아니라 침묵의 밤이었다. 고요한 임종의 방. 리외는 이제 평상복을 입은 시신을 내려다보며 익숙한 으스스함을 느꼈다. 출입문이 습격당한 직후 페스트가 아우성치던 날, 천식 환자의 옥상 테라스에서 느꼈던 적막이었다. 당시도 리외는 죽어 가는 모습을 무력하게 지켜볼 수밖에 없던 환자들, 그 침대 속에서 솟아오르던 침묵을 생각했다. 침통한 적막, 전투 후 찾아오는 소강상태가 이곳에서도 흘렀다. 그것은 패배의 침묵이었다. 그러니 지금 그의 친구를 감싸고 있는 침묵은 페스트에서 해방된 도시와 거리에서 밤에 일어나는 침묵과 매우 긴밀하게 닮아 있었다. 리외는 그것이 결정적 패배라고 생각했다. 전쟁은 결국 끝났지만, 전쟁이 남긴 상흔은 평화를 구제할 수 없게 만들었다. 타루가 종국에는 평화를 되찾았는지 리외는 알 수 없었지만 적어도 그 순간만큼은 자신을 잃은 부모나, 친구를 묻은 이에게 휴전이 아무 의미가 없듯 그에게 평화는 이제 불가능할 것 같았다.

밖은 여전히 춥고 어두웠다. 맑고 차가운 하늘에 별이 얼어붙어 있었다. 어둠이 반쯤 내려앉은 유리창을 밀어붙이는 추위, 북극에서 불어온 우울한 한기가 느껴졌다. 침대 곁에는 어머니가 평소와 다름없이 오른편 램프 불빛을 받으며 앉아 있었다. 리외는 불빛에서 멀리 떨어져 방 한가운데에 놓인 안락의자에 앉아 있었다. 가끔 아내가 떠올랐지만, 그때마다 생각을 애써 물리쳤다.

차가운 밤, 지나가는 사람들의 발소리가 선명하게 들렸다.

"모두 처리했니?" 어머니가 물었다.

"네, 전화했어요."

두 사람은 말없이 밤을 지새웠다. 어머니는 종종 아들을 보았다. 어머니와 시선이 마주칠 때마다 그는 미소를 지었다. 거리의 익숙한 소음들이 계속 들렸다. 공식적인 허가는 없었지만 자동차도 다시 운행되고 있었다. 차들이 포장도로를 빠른 속도로 훑으며 다가왔다가 멀어졌다가 다시 나타났다. 사람들의 말소리, 호명하는 소리, 이어지는 침묵, 말굽 소리, 전차 두 대가 삐걱거리며 커브를 도는 소리, 웅성거리는 소리, 다시 시작된 밤의 숨소리.

"베르나르."

"네."

"피곤하지 않니?"

"아니요."

리외는 어머니가 무슨 생각을 하는지, 또 자신을 얼마나 사랑하는지 알고 있었다. 그러나 누군가를 사랑하는 일은 그리 대단하지 않거나, 말로 표현하는 순간 부서진다는 것을 안다. 그러므로 그의 어머니와 그는 언제나 침묵 속에서 서로를 사랑할 것이다. 그러다가 어머니 혹은 그는 평생 자신의 사랑을 침묵 이상으로 드러내지 못하고 죽을 것이다. 리외는 타루와 함께 지냈지만, 우정의 시간을 제대로 가져 보지도 못한 채 그를 보냈다. 타루는 그의 말대로 싸움에서 졌다. 그렇다면 리외는 승리했는가? 페스트를 알게 되고 그것을 기억한다는 것, 우정을 알게 되고 그것을 기억한다는 것, 애정을 알게 되고 언젠가 그 존재를 추억하게 될 것이라는 사실을 알게 된 것 그 이상도 그 이하도 아니었다. 페스트와 삶에서 인간이 얻을 수 있는 것은 인식과 기억뿐이었다. 타루가 싸움에서 이긴다는 것은 아마도 그것인지도 모른다.

다른 자동차 한 대가 지나갔고, 리외 부인은 몸을 살짝 움직였다. 리외가 어머니를 향해 미소 지었다. 그녀는 아들에게 피곤하지 않다며 말을 이었다.

"산으로 가서 쉬는 것이 좋을 듯하다. 거기 말이야."

"네, 어머니."

그는 그곳에서 휴식을 취할 것이다. 그렇게 못 할 이유가 없다. 그 또한 기억을 위한 명분이 될 것이다. 그러나 싸움에서 이긴다는 것이 이런 의미라면, 희망을 잃고 자신이 알고 있는 것과 기억하는 것만 가지고 살아가는 것이라면 그 삶은 얼마나 무참한가. 타루는 환상 없는 삶이 얼마나 황량하고 무기력한지 온몸으로 깨달은 것이다. 타루는 인간이 인간을 단죄할 권리를 거부했다. 그러나 누구도 타인을 단죄하지 않을 수 없고, 심지어 피해자가 가해자로 변한다는 사실을 알고 있었다. 그는 모순으로 점철된 삶을 살아야 했고, 희망의 위로를 받은 적이 없었다. 그가 성스러움을 추구하고 인간에 대한 봉사를 통해 내적 평화를 찾으려 했던 것도 그 때문이었을까? 리외는 아무것도 알지 못했지만, 사실 아무래도 좋았다. 그는 이제 자동차 핸들을 양손으로 붙잡고 운전하던 한 남자 혹은 이제는 미동도 없이 누워 있는 육중한 육체의 이미지로 기억될 것이다. 생의 온기와 죽음의 이미지, 인식한다는 것은 그것이었다.

다음 날 아침, 리외가 아내의 임종을 알리는 전보를 담담하게 받아들인 것도 아마 그런 이유였을 것이다. 그는 진료실에 있었다. 어머니가 허둥지둥 들어와 전보 하나를 전해 주고는 집배원에게 팁을 주려고 도로 나갔다. 그녀가 다시 돌아왔을 때, 아들은 전보를 펼친 채 들고 있었다. 어머니가 그를 보았다. 그는 항구 위로 밝아 오는 찬란한 아침을 창을 통해 뚫어져라 보고 있었다.

"베르나르." 어머니가 불렀다.

의사는 넋이 나간 표정으로 어머니를 돌아보았다.

"아내 소식이니?" 그녀가 물었다.

"맞아요. 일주일 전이라는군요." 리외가 정신을 차린 듯 대답했다.

리외의 어머니는 창으로 고개를 돌렸다. 아들은 잠자코 있다가 울지 말라며 어머니를 달랬다. 자신은 이미 예상했지만 그래도 마음은 아프다고 말했다. 그렇게 말하면서도 고통은 그리 새삼스럽지 않다는 것을 알고 있었다. 그것은 여러 달 전에도, 이틀 전에도 있던, 그 고통이었다.

2월의 어느 화창한 새벽, 마침내 도시의 출입문들이 열렸다. 도청의 공식 성명 발표와 함께 라디오, 신문 그리고 사람들은 일제히 환호했다. 화자는 그 기쁨에 완전히 섞이지 못하는 부류에 속했지만, 그 환희를 기록할 의무가 남아 있다.

밤낮으로 성대한 축하 행사가 거행되었다. 역에서는 기차들이 연기를 내뿜기 시작했고, 먼바다를 항해한 선박들은 이미 오랑의 항구로 뱃머리를 돌렸다. 이별에 신음하던 사람들에게 그날은 역사적 상봉의 날이었다.

많은 사람의 마음을 그토록 사로잡고 있던 이별의 감정이 어떻게 변했을지 쉽게 상상할 수 있을 것이다. 낮에 오랑으로 들어온 열차에는 오랑에서 나간 열차 못지않게 승객이 많았다. 열차의 좌석을 예약하고도 2주의 유예 기간 동안 도청의 결정이 마지막 순간에 취소되는 건 아닐까 노심초사했다. 마지막까지 불안을 놓지 못하는 승객도 몇몇 있었다. 지인들의 생사는 어느 정도 알고 있었지만, 다른 이들의 소식이나 시자체가 어떻게 변했는지는 전혀 몰랐다. 그들은 시가 끔찍하게 변해 있을 것으로 생각했다. 그나마도 헤어져 있는 동안 열정이 완전히 소진되지 않은 사람들에게 해당하는 일이었다.

열정적인 사람들은 사실 고정 관념에 빠져 있었다. 그들에게 변한 것은 딱 하나였다. 유배가 계속된 몇 달간 어서 빨리 흐르라고 떠밀고 싶었던, 더 서두르라고 성화하던 그 시간이 도시가 보이기 시작하자 이번에는 반대로 천천히 흐르기를 바랐다. 기차가 멈추려고 제동을 걸자 시간을 멈추게 하고 싶었다. 사랑하지 못한 몇 개월의 잃어버린 시간이 마음속에서 만연하면서도 격렬한 감정을 만들었고, 환희의 시간이 기다림의 시간보다 곱절은 더디게 흘러갔으면 하는 보상 심리가 작동한 것이다. 방에서 혹은 랑베르 — 그의 아내는 벌써 몇 주 전부터 소식을 듣고 제때 도착하기 위해 필요한 모든 절차를 밟아 놓았다. — 처럼 플랫폼에서 기다리는 사람들 역시 초조하고 혼란스러웠다. 페스트가 진행되는 동안 추상으로 축소되었던 사랑과 애정을 지켜 주던 육체적 존재를 랑베르는 불안에 떨며 기다렸다. 랑베르는 사랑하는 이를 만나기 위해 도시를 탈출하려고 했던 페스트 초기의 자신으로 돌아가고 싶었는지도 모른다. 그러나 이제 불가능하다는 것을 알았다. 페스트가 이미 그의 마음속에 단절을 심어 놓았기에 이제 그는 부정하려고 애써도 막연한 불안이 남아 있었다. 페스트가 너무 느닷없이 끝났기 때문에 실감할 수 없었던 탓도 있었다. 행복은 전속력으로 다가오고 있었고, 그 순간은 예상보다 훨씬 빨리 진행되었다. 모든 것은 순식간에 회복될 것이고, 기쁨은 불에 데는 것과 같아 음미할 새가 없다는 것을 알았다.

다소 차이는 있겠지만 대부분 랑베르와 같은 입장이었다. 그렇기에 그들에 대해서도 말할 필요가 있겠다. 이제 매우 사적인 삶을 다시 시작하는 플랫폼에서 그들은 여전히 유대감을 느끼며 눈짓이나 미소를 주고받았다. 그러나 열차가 뿜어내는 연기를 보자마자 형용할 수 없는 기쁨의 소나기가 유배 시기의 감정을 순식간에 씻어 냈다. 기차가 멈추자 그들은 오랫동안 잊고 있던 살아 있는 육체를 삼켜버릴 듯 격렬히 끌어안았다. 대부분 그 플랫폼에서 시작된 이별은 그렇게 순식간에 막을 내렸다. 랑베르는 자신을 향해 달려오는 모습을 제대로 바라볼 겨를조차 없이 그녀가 품에 안겨 있었다. 랑베르는 그녀를 품에 가득 안고서 친숙한 머리카락밖에 보이지 않는 그녀의 머리를 자기 몸으로 바짝 끌어당겼다. 그의 눈물이 현재의 행복 때문에 흐르는 것인지, 오랫동안 억눌러 온 고통 때문에 흐르는 것인지 알 수 없었다. 적어도 그 눈물 때문에 지금 자기 어깨에 파묻혀 있는 얼굴이 랑베르가 꿈꾸어 온 그 얼굴인지 아니면 낯선 여자의 얼굴인지조차 확인할 수 없었다. 그런 것은 조만간 알게 될 것이었다. 당장은 그도 페스트가 발생하든 사라지든 사람의 마음은 변하지 않는다고 믿는 사람들처럼 행동하고 싶었다.

그들은 서로를 꼭 끌어안은 채 바깥 세계에는 관심을 끄고, 겉으로는 페스트에 승리한 얼굴로 다른 비참한 현실에 눈을 감았다. 가령 같은 기차를 타고 왔지만 아무도 마중 나오지 않은 사람들은 새까맣게 잊은 채 집으로 돌아갔다. 그들은 길어진 무소식에 마음에 싹튼 그 불안의 실체를 집에 가서 확인해야 했다. 동반자라고는 이제 생겨난 고통뿐인 이들. 그 순간 매달릴 곳이라고는 죽은 사람과의 추억뿐인 이들에게 사정은 완전히 달랐다. 이별의 고통은 절정에 달했다. 사랑하는 사람이 한 줌의 재가 되었거나 이름도 없는 구덩이에 켜켜이 쌓여 있던 어머니, 배우자, 그리고 연인들은 모든 기쁨을 상실했다. 그들에게 페스트는 끝나지 않았다.

그러나 누가 그런 고독을 생각할까? 아침부터 차가운 대기와 싸우던 태양은 정오가 되어서야 기선을 제압했다. 강렬한 빛이 도시 전체에 쏟아졌다. 낮은 정지한 것 같았다. 언덕

꼭대기의 요새에 있는 대포들은 맑은 하늘에다 쉴 새 없이 포성을 울렸다. 망각의 시간은 아직 시작되지도 않았지만, 사람들은 모두 밖으로 나와 고통스러운 시간의 종말을 축하했다.

광장마다 사람들이 나와 춤추었다. 하루 만에 통행량은 눈에 띄게 늘었고, 차량은 인파로 넘쳐나는 거리를 겨우 빠져나갔다. 온종일 시내에 울리는 종소리가 황금빛 도는 하늘을 가득 채웠다. 성당들은 저마다 감사의 미사를 올리고 있었다. 축제가 한창인 곳들은 사람들로 미어졌고, 카페들은 다음 장사 따위는 염두에 두지 않은 것처럼 술을 모조리 내놓았다. 흥분한 사람들은 계산대 앞으로 몰렸고, 그중에는 짝을 이룬 연인들이 남들 시선에 아랑곳하지 않고 애정 행각을 벌이기도 했다. 사람들은 그들을 보고 함성을 지르거나 웃었다. 마치 그날이 생존 기념일인 듯 조도를 낮추고 살았던 지난 몇 달간 비축했던 생명력을 마음껏 즐겼다. 다음 날이면 일상이 다시 조심스레 시작될 터였지만, 당시 그 순간만큼은 계급과 위계를 지우고 서로 친밀감을 느꼈다. 죽음도 실패한 평등이 해방의 순간 잠시 실현된 것이다.

그러나 이 감정이 전부는 아니었다. 늦은 오후 랑베르처럼 거리를 메우고 있던 사람들은 겉으로는 무덤덤하게 행동했지만, 마음속으로는 미묘한 행복감에 젖어 있었다. 실제로 많은 여인과 가족은 겉보기에 평화로운 산책자로 보였다. 그러나 그들은 대부분 고통의 장소를 조심스럽게 순례하고 있었다. 그 순례는 페스트의 흔적이 그곳에 남았든 없든 이제 막 도시에 도착한 이들에게 역사적 시간을 보여 주기 위함이었다. 어떤 사람은 페스트 시대에 많은 것을 목격한 사람으로서 안내자 역할에 만족해하며 공포심을 일으키지 않도록 말했다. 그런 방식은 나쁘지 않았다. 다른 경우 이 도시를 걸으며 격한 감정에 휩싸였는데, 어떤 남자는 추억을 되살리며 옆에 있는 여자들에게 부드럽고 슬픈 어조로 이렇게 말했다. "당시 바로 여기에서 당신을 원했는데, 당신은 여기에 없었지." 이렇듯 상념에 빠진 연인들이 곳곳에 눈에 띄었다. 그들은 소란의 한복판에서 서로에게 귓속말로 은밀한 말을 하느라 자신들의 섬을 만들었다. 진정한 해방을 알리는 것은 축하를 위해 교차로에 나와 있는 오케스트라 악단이 아니라 바로 그들이었다. 기쁨에 취해 말없이 서로를 끌어안고 있는 연인들은 역사의 소용돌이에서 행복은 편파적임을 몸소 보여 주었고, 마침내 페스트의 시간은 가고 공포의 시대가 끝났음을 알렸다. 사람을 죽이는 일이 파리를 죽이는 일만큼 일상적이던 그 미친 세계. 확연히 드러난 야만성, 철두철미한 광란, 현재가 아닌 모든 것에 그토록 무관심하게 만든 유폐 상태, 살아가는 사람들을 처참하게 만든 죽음의 냄새, 이 자명한 것들을 태연히 부정하고 있었다. 그리하여 일부는 매일 화장터 아궁이에

고깃덩어리처럼 쌓여 있다가 기름진 연기로 타오르거나 나머지는 무기력과 공포의 사슬에 묶여 각자 연기가 될 차례를 기다리고 있던 것을 부정하고 있었다.

어쨌든 리외는 오후가 끝나갈 무렵 성당의 종소리, 대포 소리, 음악 소리로 소란스러운 도시의 변두리를 홀로 걸었다.

그는 하루도 쉴 수 없었다. 환자는 계속 있었다. 화창한 햇살이 도시를 구석구석 씻겨 주는 동안 전처럼 고기 굽는 냄새와 아니스 술 냄새가 피어올랐다. 그의 주위에서 사람들이 얼굴을 젖히고 행복한 표정으로 하늘을 올려다보았다. 연인들은 상기된 얼굴로 흥분을 가라앉히지 못한 채 서로를 부둥켜안고 있었다. 그렇다. 서로 얽히고설킨 저 팔들이 전염병의 공포가 끝났음을 말해 주고 있었다. 페스트는 추방이자 박탈이었다.

리외는 지난 몇 달간 행인들의 얼굴에서 읽을 수 있었던 그 익숙한 표정을 처음으로 명명할 수 있었다. 이제 주변을 둘러보는 것만으로 충분했다. 비참하고 궁핍한 시간을 지나 페스트가 끝나 가던 무렵 그들이 오래전부터 맡아 온 역할, 이방인의 모습을 하고 있었다. 처음에는 표정을 통해, 지금은 옷을 통해 그들의 먼 조국으로부터 추방당했다고 말하고 있었다. 페스트가 도시를 폐쇄한 순간부터 그들은 모든 것을 잊게 해 주는 사람의 온도와 차단된 채 지냈다. 정도의 차이는 있을지언정 남녀 모두 불가능해 보이는 결합을 열망했다. 그들은 부재한 이들의 체온, 애정, 습관들을 갈망했다. 그중 몇몇은 우정이 미치지 못하는 먼 곳으로 떠나 편지나 기차, 배처럼 평범한 수단을 통해 그들을 만날 수 없게 된 사실에 괴로워했다. 그 밖에 사람들, 가령 타루 같은 드문 사례의 사람들을 분명하게 규정할 수는 없겠지만, 자신들이 옳다고 믿는 그 무엇을 실현할 수 있기를 간절히 바랐다. 그들은 달리 부를 이름을 찾지 못해 그것을 평화라고 불렀다.

리외는 계속 걸었다. 걸어갈수록 인파는 늘어나고 소란도 심해져 그가 가고자 하는 도시 변두리가 뒤로 물러나고 있는 것 같았다. 그는 아우성치는 거대한 무리에 스며들어, 그들의 외침을 좀 더 이해할 수 있게 되었다. 아우성의 일부는 리외의 외침이기도 했다. 사람들은 그동안 육체적으로나 정신적으로 잔혹한 여가, 기약 없는 유배, 결코 채울 수 없던 갈증으로 고통받았다. 산더미처럼 쌓인 시신, 구급차들의 사이렌, 운명으로 받아들일 수밖에 없는 경고, 현재의 끝없는 유예, 그들의 마음속에 치밀어 오르는 반발심, 이런 것들 사이에서 거대한 웅성거림이 공포에 사로잡힌 사람들에게 진정한 조국을 되찾아야 한다고 쉼 없이 경고하고 있었다. 그들의 조국은 숨 막히는 도시의 벽 너머에 있었다. 진정한 모국은 언덕 위 향기로운 숲에, 저 바다에, 자유로운 고장과 사랑의 무게

안에 있었다. 그들은 다른 모든 것들에 등을 돌린 채 오직 자신들의 모국으로, 그 행복 속으로 돌아가기를 원했다.

격리와 결속에 대한 욕구가 어떤 의미인지 리외는 몰랐다. 사방에서 밀려오는 군중 사이를 헤쳐가다 보니 점차 덜 붐비는 거리로 접어들었다. 격리와 결속에 대한 의미의 유무는 사실 별로 중요하지 않았다. 사람들의 희망에 그것이 어떤 답이 될 수 있는지가 중요했다.

그는 답을 알았다. 인적이 없는 변두리 지역에 들어서자, 그 답이 더욱 확실해졌다. 보잘것없는 자신의 상태에 만족하거나, 사랑의 보금자리로 돌아가기만을 갈망한 사람들은 어느 정도 보상을 받았다. 물론 그런 사람들 가운데 어떤 이들은 기다리던 사람을 잃고 외롭게 시내를 걷고 있었다. 전염병이 번지기 전, 서로를 원수로 부르던 이들은 괴로운 관계를 질질 끌다가 결국 영원히 헤어지고 말았다. 그런 사람들은 리외 자신도 그렇지만 경솔하게도 시간을 믿었던 자들이다. 그러나 그날 아침 의사가 작별하면서 "용기를 내세요. 지금이야말로 정신을 바짝 차릴 때입니다."라고 말해 준 랑베르의 경우, 영영 잃어버린 줄 알았던 사람을 순식간에 되찾았다. 적어도 당분간 그들은 행복할 것이다. 이제 그들은 인간이 언제나 원할 수 있고, 또 가끔 얻을 수 있는 것이 있다면 그것은 바로 '인간에 대한 애정'임을 깨달았다.

반대로 인간을 초월해 상상할 수 없는 그 무엇을 추구하던 사람들은 결국 아무 대답도 얻지 못했다. 타루는 자신이 말하던 그 불가능한 평화에 도달한 듯 보였지만 결국 죽음을 통해서, 즉 아무 소용이 없어진 죽음의 순간에 다다라서야 겨우 평화를 발견했다. 그와는 달리 리외의 눈에 띈 다른 사람들, 집의 문턱에서 기울어 가는 햇빛을 받으며 온 힘을 다해 서로를 껴안은 채 황홀하게 마주 보고 있는 사람들이 바라던 것을 얻었다면 그것은 자신의 의지에 달린 것만을 원했기 때문이다. 그래서 리외는 그랑과 코타르가 살고 있는 거리로 접어들면서 인간만으로, 보잘것없으나 경이로운 인간의 사랑만으로 만족하는 사람들에게는 이따금 기쁨이라는 보상이 주어지는 것은 마땅하다고 생각했다.

이 연대기도 끝맺을 때가 되었다. 의사 베르나르 리외는 이제 자신이 이 연대기의 작가였음을 밝히고자 한다. 그러나 마지막 사건을 기록하기에 앞서 최소한 이 작업을 하게 된 이유를 설명하며 객관성을 유지하기 위해 노력했다는 사실을 강조하고자 한다. 그는 직업상 페스트가 발발한 동안 많은 사람을 만나 그들의 상태를 수집할 수 있었다. 따라서 자신이 보고 들은 바를 전할 수 있는 유리한 위치에 있었다. 그는 이 일을 가능한 한 신중하게 수행하려고 했다. 자신이 본 것 이상으로 기록하지 않으려고 했고, 페스트를 겪은 이들이 품지도 않은 생각을 억지로 주입하지 않으려 했으며, 수중에 들어온 자료만 활용하려고 노력했다.

가령 어떤 범죄 사건의 증인으로 출석했을 때 증인이 갖춰야 할 덕목을 그는 견지했다. 그러면서도 양심에 따라 기꺼이 희생자들 편에 섰고, 그들이 공유하는 유일한 확신, 사랑, 고통, 망명에 대한 확신을 그들과 함께하기를 원했다. 오랑 사람들의 모든 불안을 함께했으며, 모든 상황을 함께 겪었다.

신뢰할 수 있는 증언을 위해 특히 조서, 문헌, 소문 같은 것들을 인용했다. 반면 사적인 것들, 가령 자신의 기대나 시련에 대해서는 침묵했다. 혹 그가 사적인 것을 언급했다면 사람들을 이해하거나 이해를 구하기 위해 구체성을 부여하려는 의도였을 뿐이다. 사실 그는 객관성을 확보하는 일이 그리 어렵지 않았다. 페스트 환자 수천 명의 목소리에 자신의 이야기를 담고 싶을 때에도 그는 자신의 괴로움 가운데서 그 무엇도 다른 사람의 괴로움과 다른 것이 없었다. 누구나 홀로 고통을 겪는 세상에서 그러한 사실은 오히려 위안이 되었다. 그는 모두를 위해 서술해야 했다.

그러나 오랑 사람들 가운데 리외가 변호할 수 없는 사람이 한 명 있었다. 언젠가 타루도 리외에게 "그 사람이 저지른 진정한 범죄는 어린아이들과 평범한 사람들을 죽이는 것에 마음으로 동의했다는 것입니다. 그 밖에 행각들은 다 이해합니다. 하지만 이 부분을 용서하는 것은 저로서는 힘드네요."라고 말한 바 있는 사람이다. 따라서 이 연대기가 그 무지한 마음, 다시 말해 고독한 마음을 지닌 인물로 마무리 짓는 것은 어쩌면 당연해 보인다.

축제로 시끌벅적한 대로변을 빠져 나와 그랑과 코타르가 사는 길로 접어들었을 때, 리외는 경찰이 쳐 놓은 방어벽에 막히는 바람에 가던 길을 멈추었다. 생각지도 못한 일이었다. 멀리서 들려오는 축제의 떠들썩한 소리가 변두리 마을을 더 고요하게 만들어 적막하게 느껴졌다. 그가 신분증을 꺼냈다.

"안 됩니다, 의사 선생님." 경관이 말했다. "어떤 미친놈이 사람들을 향해 무작위로 총을 쏘고 있어요. 그러니까 여기서 좀 기다려 주세요. 어쩌면 선생님의 도움이 필요한 상황이 생길지도 모르니까요."

그때 그랑이 다가왔다. 그랑 역시 상황에 대해 아는 바가 없었다. 아파트에서 누가 총을 쏘고 있다며 경찰이 통행을 막았다는 것이다. 아파트 정면이 싸늘히 식어가는 태양의 막바지 빛에 노랗게 물들어 있었다. 그 주변으로 공간이 그들이 서 있는 바로 맞은편 인도까지 펼쳐져 있었다. 도로 한복판에 떨어져 있는 모자 하나와 더러운 천 조각이 보였다. 저 멀리 길 반대편에도 그들을 막고 있는 차단선과 나란히 경찰 차단선이 쳐져 있었다. 그 뒤로 동네 사람들이 허둥지둥 움직이고 있었다. 문제의 건물 맞은편에서는 경찰들이 몸을 웅크린 채 권총을 겨누고 있었다. 문제의 아파트 덧창은 모두 닫혀 있었는데 3층 덧창 하나가 반쯤 떨어진 채 간신히 매달려 있었다.

시내 중심가에서 띄엄띄엄 음악 소리가 들렸을 뿐, 거리는 조용했다.

어느 순간 아파트 맞은편에 있는 한 건물에서 권총 소리가 두 번 울렸다. 망가진 덧창에서 파편이 튀어 올랐고, 이내 잠잠해졌다. 소란스러운 하루를 보낸 후 멀리서 보게 된 이 광경이 리외에게는 약간 비현실적으로 느껴졌다.

"코타르 방 창문이에요. 그런데 코타르는 도망가지 않았나요?" 갑자기 그랑이 흥분하며 말했다.

"왜 총을 쏘는 건가요?" 리외가 경찰에게 물었다.

"놈의 주의를 분산시키려는 거죠. 필요한 장비를 실은 차가 올 때까지 말입니다. 또 그자가 건물 안으로 진입하는 사람들에게 총을 쏘아 대기도 하고요. 경찰 한 사람이 총에 맞았습니다."

"그 사람은 왜 총을 쏜답니까?"

"그거야 모르죠. 사람들은 거리에서 축제를 즐기고 있었기에 처음 총소리가 났을 때는 영문을 몰라 우왕좌왕했어요. 두 번째 총소리가 난 다음에야 비명을 지르기 시작했고 부상자도 한 명 발생했죠. 그제야 모두 도망쳤어요. 미친놈인 거죠."

다시 잠잠해지자 시간이 더디게 흘렀다. 갑자기 길 건너편에서 개가 튀어나왔다. 더러운 스패니얼 종. 리외도 정말 오랜만에 보는 개였다. 주인이 숨기고 있던 것이 분명했다. 개가 벽을 따라 종종걸음으로 걷다가 문제의 그 건물에 가까이 이르자 잠시 머뭇거리더니 엉덩이를 깔고 주저앉았다. 개는 벼룩을 잡기 위해 벌러덩 드러누웠다. 경찰들이 수차례 호각을 불어 개를 불렀다. 그러자 개는 천천히 도로를 건너와 모자 냄새를 맡았다. 그때 다시 3층에서 권총 소리가 났다. 개가 길가에 고꾸라진 채 네 발을 심하게 버둥거렸다. 옆구리에서 경련이 몇 번 길게 일었다. 문제의 건물 맞은편에서 여섯 발의 대응 사격 소리가 들렸다. 덧창이 산산이 부서진 뒤 다시 조용해졌다. 태양이 조금 기울면서 그늘이 코타르 방 창문에 좀 더 가까워졌다. 의사 뒤쪽 거리에서 브레이크 소리가 들렸다.

"저기들 오는군요." 경관이 말했다.

그들 뒤쪽에서 경찰들이 밧줄과 사다리, 방수포로 싼 길쭉한 상자 두 개를 가지고 오더니 그랑의 아파트 맞은편 건물 사이 골목으로 들어갔다. 잠시 후 그 건물의 문 안쪽에서 보이지 않지만 어떤 움직임이 감지되었다. 사람들은 잠자코 지켜보았다. 개는 이제 움직이지 않았다. 마치 검은 물웅덩이 속에 잠겨 있는 듯 보였다.

경찰들이 점거한 건물에서 갑자기 기관총이 발사되었다. 사격이 계속되면서 목표물이던 덧창은 박살 난 채 검은 표면

이 드러났다. 그러나 리외와 그랑이 서 있는 위치에서는 아무 것도 보이지 않았다. 총성이 그치자 이번에는 좀 더 먼 곳에서 일제 사격이 시작되었다. 총알이 창틀에 박혔는지 창문 중 하나에서 벽돌 파편이 튀었다. 바로 그 순간 경찰 세 명이 도로를 날렵하게 가로지르더니 건물 출입구로 빠르게 들어갔다. 거의 동시에 다른 세 명도 문제의 건물로 진입하자 다시 기관총 소리가 들렸다. 소리가 요란스럽게 커지더니 건물에서 셔츠 차림에 작달막한 남자가 고래고래 소리를 지르며 끌려 나왔다. 경찰 한 사람이 그에게 다가가더니 침착한 태도로 있는 힘껏 주먹으로 두 차례 후려쳤다.

"코타르군요. 정말 미쳐 버렸나 봐요." 그랑이 중얼거렸다.

코타르는 그 자리에 쓰러졌다. 경찰은 쓰러진 코타르를 향해 다시 한번 발길질했다. 한 무리의 사람들이 분주히 움직이는가 싶더니 의사와 그의 나이 든 친구 쪽으로 우르르 이동했다.

"비키세요." 경찰이 말했다.

그 사람들이 자기 앞을 지나갈 때 리외는 고개를 돌렸다.

그랑과 의사는 석양을 뒤로하고 자리를 떴다. 그 사건이 무기력하게 잠든 변두리 도시를 한바탕 뒤집어 놓은 것처럼, 들떠 있는 군중은 거리를 가득 메웠다. 그랑은 집 앞에서 리외에게 작별 인사를 건넸다. 작업할 시간이었다. 집으로 가려고 계단에 막 올라선 그랑은 리외를 돌아보며 잔에게 편지를 썼고, 이제는 마음이 홀가분하다고 말했다. 문장도 다시 쓰기 시작했다고 덧붙였다. "형용사란 형용사는 죄다 삭제했어요."

그는 짓궂은 미소와 함께 모자를 벗으며 정중하게 고개를 숙였다. 그러나 리외는 온통 코타르 생각뿐이었다. 경찰이 주먹으로 코타르의 얼굴을 가격할 때 나던 묵직한 소리가 천식 환자의 집에 도착할 때까지 리외를 따라왔다. 죄인을 생각하는 일이 고인을 생각하는 것보다 어쩌면 더 고통스러울지 몰랐다.

리외는 어두워지고서야 나이 든 천식 환자 집에 도착했다. 방에는 아득한 곳으로부터 자유의 함성이 들려왔다. 노인은 늘 그래왔던 것처럼 콩을 옮겨 담고 있었다.

"즐거운 것도 당연하지." 그가 말했다. "세상이 굴러가기 위해서는 그런 것도 다 필요한 거지. 그런데 친구분은?"

아이들의 폭죽 소리가 방 안까지 들렸다. 평화를 알리는 소리였다.

"죽었습니다." 의사는 숨 쉴 때마다 그르렁거리는 노인의 가슴에 청진기를 가져다 대며 말했다.

"이런!" 노인이 약간 당황한 듯 소리쳤다.

"페스트로 죽었습니다." 리외가 덧붙였다.

"그렇군. 가장 좋은 사람들이 먼저 떠나는 거지. 그게 인생이지. 그 양반은 자신이 뭘 원하는지 알고 있었어."

"무슨 의미인가요?" 의사가 청진기를 집어넣으며 물었다.

"그냥 하는 말이야. 그 사람은 쓸데없는 말을 하지 않더군. 아무튼 그 친구분, 마음에 듭디다. 뭐 그렇다고. 남들은 '페스트야, 우리가 이겼다.'라며 난리를 치지. 이러다 훈장이라도 줘야 할 판이라니까. 페스트는 그저 인생이지. 그뿐이라고."

"규칙적으로 찜질해 주셔야 합니다."

"걱정일랑 말라고. 나는 다른 사람들이 죽는 걸 다 지켜볼 만큼 오래 살 거야. 살아남는 법을 알고 있으니까."

그의 말에 화답하듯 멀리서 환호성이 들렸다. 의사는 방 한가운데에 멈춰 섰다.

"테라스에 올라가 봐도 될까요?"

"당연하지. 위에서 저 사람들을 좀 보고 싶은 모양이군. 좋을 대로 하시게. 하지만 그들은 언제나 늘 똑같지."

리외는 계단 쪽으로 걸음을 옮겼다.

"그런데 선생, 페스트로 죽은 사람들을 기리는 추모비를 세운다는데 그게 정말인가?"

"비석을 세우거나 동판을 붙인다고 신문에서 말하더군요."

"그럴 줄 알았어. 심지어 연설도 하겠군."

노인은 숨을 헐떡거리면서도 연신 웃었다.

"지금 여기서도 들리는 것 같군. '우리 희생자들의 숭고한 어쩌고저쩌고……' 그러고는 식사하러 자리를 이동하겠지."

리외는 이미 계단을 오르고 있었다. 지붕 위로 차가운 하늘이 넓게 펼쳐진 채 반짝였고, 산등성이 가까이 펼쳐진 별들은 부싯돌처럼 단단해 보였다. 그 밤은 타루와 함께 페스트를 잊기 위해 올라온 그날과 별반 다르지 않았다. 해안 절벽 아래에서 들려오는 파도 소리만이 그날보다 요란했다. 미지근한 가을바람은 소금기가 빠져 가벼웠다. 시내의 웅성거림이 파도에 섞여 테라스로 밀려왔다. 다른 것이 있다면 이 밤은 저항의 밤이 아니라 해방의 밤이었다. 저 멀리 검붉은 밤은 환하게 빛나는 대로변, 그리고 광장들과 경계를 이루고 있었다. 이제는 해방된 어둠 속에서 욕망은 아무런 구속도 당하지 않았다. 리외에게 밀려오는 소리는 그 욕망의 부르짖음이었다.

어두컴컴한 항구에서 공식 축하연을 알리는 불꽃들이 솟아올랐다. 사람들은 긴 함성으로 해방을 맞았다. 리외가 한때 사랑했고 이제는 고인이 되거나 죄인이 되어 곁에 없는 사람들. 코타르, 타루, 아내를 사람들은 이미 잊어버렸다. 노인의 말이 옳았다. 사람들은 늘 똑같았다. 그러나 그것은 인간의 동력이고, 순수함이었다. 리외는 모든 고통을 넘어 그 지점에서 그들과 다시 만난다고 느꼈다. 함성은 더 고조되면서 테라스로까지 오랫동안 울렸다. 하늘 높이 솟아오르는 형형색색의 불꽃 다발이 점점 많아졌다. 리외는 불꽃을 올려다보며 페스트에 희생당한 사람들의 편에 서서 증언하기 위해, 그들에게 가해진 불의와 폭력을 잊지 않기 위해 침묵하지 않기로 했다. 재앙의 한가운데서 배운 것이 하나 있었다. 인간에게는 경멸할 것보다 감탄할 것이 더 많다는 것이다. 그것을 말하기 위해 지금 여기서 끝맺으려는 글을 쓰기로 한 것이다.

이 연대기가 승리의 기록이 될 수 없다는 것을 안다. 이 기록은 성인이 될 수도, 재앙을 받아들일 수도 없어 치유자가 되려고 노력한 사람들에 대한 증언이다. 개인의 고통에도 불구하고 끝없는 공포에 맞서 완수해야만 했고, 여전히 완수해가고 있는 그 무언가에 대한 증언이다.

도시로부터 들려오는 환희의 함성을 들으며 리외는 그러한 기쁨이 여전히 위협받고 있다는 사실을 상기했다. 기쁨에 찬 군중이 모르고 있는 것은, 책에서도 알 수 있듯 페스트균은 절대 죽지 않으며 사라지지도 않는다는 사실이다. 가구, 이불, 오래된 행주 같은 곳에 수십 년 동안 잠복하거나 침실, 지하실, 트렁크, 손수건, 낡은 서류 속에서 인내심을 가지고 기다리다가 때가 되었을 때, 인간들에게 불행과 교훈을 주기 위해 쥐들을 잠에서 깨워 어느 행복한 도시로 보내 사람들을 죽게 하는 날이 다시 오리라는 것을 알고 있었다.

페스트

La Peste
Prix Nobel
de littérature

작품 해설 및 작가 연보

『페스트(La Peste)』 작품 해설

1. 작가의 생애

프랑스를 대표하는 소설가이자 극작가, 철학자인 알베르 카뮈(Albert Camus, 1913~1960)는 1913년 11월 7일, 프랑스의 식민지였던 알제리 몽드비에서 태어났다. 그가 태어난 다음 해에 제1차 세계 대전이 발발해 참전했던 아버지가 마른 전투에서 전사하게 된다. 카뮈는 홀어머니 밑에서 가난한 유년 시절을 보낸다. 하지만 그는 어려운 가정 환경 속에서도 학업에 충실한다. 1918년 벨쿠르 공립 초등학교에 입학한 그는 교사 루이 제르맹을 만나 든든한 지원을 받게 되고, 1923년에는 장학생으로 알제리 중학교에 입학한다. 1930년, 알제리 대학에 입학해 축구단에서 선수 생활을 하기도 하지만 폐결핵 증상을 보이기 시작한다. 그리고 그 무렵, 인생의 스승인 장 그르니에를 만나 문학과 철학에 눈을 뜨게 된다. 그는 1934년, 20세의 어린 나이에 시몬 이에와 결혼하지만 2년 만에 이혼하게 되고, 장 그르니에의 권유로 공산당에 가입했다가 3년 후에 탈당한다. 특히 연극에 대해 남다른 애정을 가지고 있었던 그는 노동자들에게 훌륭한 연극을 보여 주기 위해 노동극단을 만들어 수많은 작품을 각색해 상연하기도 했으며, 직접 연극 무대에 오르기도 했다. 1937년에는 철학교수가 되기 위해 교수 자격 심사를 받으려 했으나 폐결핵으로 건강이 악화되어 단념하게 된다. 그 후 첫 번째 소설인 『안과 겉(L'Envers et l'endroit)』을 출간한다. 1938년에는 진보적 신문이었던 〈알제 레퓌블리캥(Alger-Republicain)〉 신문사에서 기자 생활을 시작하게 되고, 이탈리아와 오스트리아 등을 여행한다. 1940년, 27세가 되던 해에는 재혼하고, 파리에서 〈파리 수아르(Paris-Soir)〉지의 기자 생활을 하다가 알제리로 돌아와 사립학교 교사가 된다. 1942년에는 레지스탕스 기관지인 〈콩바(Combat)〉에 관여하며, 『이방인(L'Etranger)』과 『시지프스의 신화(Le Mythe de Sisyphe)』를 출간한다. 당시 『이방인』은 문학계뿐만 아니라 사회적으로도 큰 파장을 일으키는 문제작이 된다. 이후에 『이방인』과 『시지프스의 신화』는 사르트르의 찬사를 받는다. 1944년에는 〈콩바〉지의 주필이 되어 파스칼 피아와 공동 책임자가 된다. 이후, 희곡 「오해(Le Malentendu)」(1944)와 「칼리굴라(Caligula)」(1945)를 발표하며 카뮈는 인간 사회의 부조리에 대해 역설하는, 실존주의 문학을 대표하는 작가가 된다. 하지만 카뮈 자신은 스스로를 실존주의자라고 규정하는 것에 부정적인 입장을 보였다.

1947년에는 『페스트(La Peste)』를 발표하며 비평가 상을 수상한다. 이는 전작 『이방인』에 이어 또 한 번 큰 파장을 일으킨다. 그 후, 그의 철학과 윤리, 정치적 성찰을 담은 평론 『반항하는 인간(L'Homme revolte)』(1951)이 출간된다. 이때 카뮈는 사르트르와 사상적 논쟁을 벌이며 그와 결별하게 된다. 카뮈는 그 후에도 활발한 창작 활동을 이어 나가며 장편소설 『전락(La Chute)』(1956), 단편집 『유배와 왕국(L'Exil et le royaume)』(1957) 등을 발표한다. 1957년, 노벨문학상을 수상한 후 장편 소설 『최초의 인간(Le Premier Homme)』 집필에 착수했으나 1960년 1월 4일, 파리 몽트로의 빌르블레뱅 근처에서 교통사고를 당하며 47세의 나이로 안타깝게 생을 마감한다.

2. 『페스트』의 탄생

작품 속 서술자는 자신이 누구인지 처음부터 밝히지 않는다. 그는 오랑 시에 고립되어 페스트라는 무시무시한 악(惡)과 사투를 벌이는 사람들의 모습을 예리한 시선으로 관찰하며 목격한 바를 증언하듯 담담한 어조로 보고하고 있다.

이 연대기는 194X년 오랑에서 발생한 기이한 사건들을 다

룬다. 대부분 이 기묘한 사건들이 장소와 어울리지 않는다고 여긴다. 오랑은 프랑스 도청이 있는 알제리 항구에 불과하기 때문이다. 마을 자체는 볼품이 없다. (…) 한 도시를 이해하려면 그곳 사람들이 어떻게 일하고, 어떻게 사랑하며, 어떻게 죽는지 보면 된다. 오랑 사람들은 기후 탓인지 모든 것에 열정적인 동시에 무덤덤하다. 관습에 얽매인 이들은 권태에 젖어 있으며, 오로지 부자가 되기 위해 열심히 일한다. (…) 다소 부족하지만 이런 몇 가지 암시만으로 우리 마을을 어느 정도 짐작할 수 있을 것이다. 그러나 지나치게 과장하지 말아야 한다. 강조하고 싶은 것은 이 도시의 풍경과 그 안의 삶이 따분할 정도로 평범하다는 것이다. 타성에 젖은 사람들은 별 어려움 없이 하루를 보낸다. 타성을 조장하는 도시의 삶 속에서 그들의 모든 것은 최선이지만, 그런 삶은 전혀 흥미롭지 않다.

서술자는 이 작품의 서두에서 오랑 시를 프랑스 알제리에 있는 소도시에 불과한 지극히 평범하고 따분한 도시라고 기술하며 개인적인 감상을 자제하고 있다. 총 5부로 구성된 『페스트』의 내용을 살펴보면 다음과 같다.

알제리 오랑 시에 살고 있던 의사 베르나르 리외는 어느 날, 자신의 진찰실에서 나오다가 계단에서 죽은 쥐 한 마리를 발견하고는 불안한 예감에 사로잡힌다. 수위인 미셸 노인은 처음에는 쥐를 보며 아이들의 장난이라며 혼내 주겠다고 하면서 대수롭지 않게 생각한다. 하지만 시간이 흐를수록 죽은 쥐의 숫자는 점점 더 늘어나게 된다. 리외는 투병 중인 아내를 다른 도시로 요양 보내기 위해 배웅하러 나갔다가 치안 판사 오통을 만난다. 그와의 대화를 통해 리외는 죽은 쥐들이 도시 곳곳에 모습을 드러내고 있다는 사실을 알게 된다.

뒤이어 원인 모를 열병에 시달리는 환자들이 속출하며 사망하기에 이른다. 작품 속에서 첫 번째 희생자는 바로 수위 미셸 노인이다. 시름시름 앓던 노인은 건강이 악화되어 알 수 없는 병으로 죽음에 이른다. 죽은 쥐의 숫자는 수천 마리로 늘어나게 된다. 그 무렵, 리외는 예전에 자신에게 진료를 받았던 시청의 말단 직원 그랑의 전화를 받게 된다. 그랑은 코타르라는 이웃 사람이 자살을 시도하려는 것을 막았다며 리외에게 그의 진료를 부탁했던 것이다.

한편, 걷잡을 수 없이 퍼져 가던 전염병을 막기 위해 리외는 오랑 시 의사협회장에게 대응책을 요구하고, 연로한 의사 카르텔이 리외와 견해를 같이하며 원인 모를 이 병이 페스트일지도 모른다는 잠정적 결론을 내리게 된다. 리외는 확산을 막기 위해 보건 위원회의 소집을 요청한다. 마침내 시에서는 이 전염병을 페스트라고 선고를 내리며 오랑 시를 다른 지역들로부터 완벽하게 차단한다. 이로써 사랑하는 가족들과 연인들은 생이별을 하게 되고, 그들은 이 무서운 질병에 맞서기 위해 각자 나름대로의 방법을 모색해 나간다.

"만일 제가 써 드린다고 해도 소용없을 겁니다."

"왜죠?"

"이 도시에 선생님과 같은 처지에 놓인 사람이 수천 명인데, 그 사람들 모두 도시 밖으로 내보낼 수는 없기 때문이지요."

"하지만 페스트에 걸리지 않은 사람도요?"

"그건 충분한 이유가 못 돼요. 터무니없는 상황이라는 것은 잘 알지만, 모두에게 직면한 문제죠. 있는 그대로 받아들여야 해요."

(…)

"아니지요." 랑베르는 원망하듯 말했다. "선생님은 이해 못 하세요. 선생님은 이성에 따라 말씀하시고, 그저 남 이야기하듯 추상적이시네요."

그러나 추상이 사람들을 죽이기 시작할 때, 우리는 추상과 제대로 부딪쳐야 한다. 리외는 그것이 그리 쉽지 않다는 것을 안다. 이제는 세 곳이 된 임시 병원을 책임지고 관리하는 것은 결코 쉬운 일이 아니었다.

그녀는 그 사실이 안타까웠지만, 추상적인 것과 맞서 싸우기 위해서는 추상과 닮을 필요가 있었다. 하지만 랑베르가 어찌 그 사실을 눈치 챘겠는가. 랑베르에게 추상이란 자신의 행복을 가로막는 모든 것이었다. 어떤 의미에서 랑베르가 옳다는 것을 리외는 알고 있었다. 그러나 추상이 구체적인 행복보다 더 강력할 수 있으며, 그 경우 반드시 추상적인 것을 염두에 두어야 한다는 것 또한 리외는 잘 알고 있었다. 앞으로 랑베르에게 일어날 일이었고, 후에 랑베르의 고백을 통해 리외는 그 사실을 상세히 알 수 있었다. 그렇게 리외는 오랜 시간 사람들의 삶을 지배했던 개인의 행복과 페스트라는 추상 사이에 벌어진 우울한 투쟁을 새로운 차원에서 바라볼 수 있었다.

이 작품에는 부조리하고 부정한 상황에 대응하는 방식이 각기 다른 여러 인물들이 등장한다. 취재 차 파리에서 오랑 시로 왔다가 꼼짝없이 갇혀 버린 신문 기자 랑베르는 오랑 시가 폐쇄되자 아내를 만나기 위해 이곳을 탈출할 계획을 세운다. 그는 리외에게 자신이 이 도시에서 나갈 수 있도록 페스트에 감염되지 않았다는 건강 증명서를 써 달라고 부탁하지만 리외는 거절한다. 랑베르는 그런 리외에게 그가 하는 행동은 모두 다 추상적이라며 비난한다.

리외는 기자의 말을 경청하며 부드럽게 말했다.

"인간은 관념이 아닙니다, 랑베르."

그러자 기자는 흥분하며 침대에서 일어났다.

"인간은 관념이에요. 어설픈 관념이죠. 사랑이란 것을 외면한 순간부터 더욱 그렇습니다. 정확히 말하자면 그랬기에 우리는 사랑하는 방법을 모르게 된 거죠. 다 그만두고 사랑하게될 날을 기다리자고요. 만일 그게 불가능하다면 영웅 놀이는 집어치우고 모든 사람이 해방되기를 바라자고요. 저는 그 이상은 못 해요."

리외가 지친 기색으로 몸을 일으켰다.

"당신 말이 옳아요, 랑베르. 전적으로 옳습니다. 저는 선생님이 진행하는 일을 추호도 막을 생각이 없습니다. 제 생각에 그건 정당하니까요. 그렇지만 이것만은 말씀드리고 싶습니다. 이 모든 것은 영웅주의와 무관합니다. 이건 성실의 문제입니다. 우습게 들릴지 모르겠지만 페스트를 상대로 우리가 취할 수 있는 무기란 성실뿐입니다."

"성실이라는 게 대체 뭐죠?" 진지한 표정으로 랑베르가 물었다.

"잘은 모르겠지만 개인적으로 생각하기에 성실은, 자신의 역할을 다하는 거죠."

"아, 저는 제 일이 무엇인지 모릅니다. 어쩌면 사랑을 선택한 것이 실수인지 모르겠네요."

그 순간 리외가 그를 바라보며 힘주어 말했다.

"당신은 아무것도 실수하지 않았어요."

랑베르는 생각에 잠긴 눈으로 그들을 번갈아 보았다.

어쩔 수 없이 랑베르는 코타르를 통해 불법적인 방법으로 오랑 시에서 탈출할 방법을 모색한다. 리외 역시 랑베르의 계획을 알고 있지만 그를 만류하지 않으며, 사랑하는 사람을 만나기 위해 그럴 수밖에 없는 그의 마음을 충분히 이해한다고 말한다. 그러면서 리외는 페스트에 대항할 수 있는 방법은 단하나, 각자의 자리에서 맡은 바 최선을 다하는 '성실'이라고 말한다.

이 작품에서 페스트는 전염병뿐만 아니라 전쟁이나 독재와 같은 인간의 생존을 위협하는 모든 악을 상징한다고 볼 수 있다. 제2차 세계 대전 당시 카뮈의 체험을 반영하고 있는 이 작품에서 오랑 시는 제2차 세계 대전 당시 나치즘에 탄압받고 있던 프랑스를 상징한다고 볼 수 있다. 또한 이 작품에는 전쟁에 반대하는 입장이었던 카뮈의 저항 의식이 반영되었다고 볼 수 있다. 실제로 작품 속에 등장하는 보건대는 나치즘에 대항하는 레지스탕스 운동을 뜻한다고 카뮈 스스로도 언급한 바 있다.

한편, 자살을 시도했다가 그랑의 도움으로 치료를 받은 코타르는 병마와 싸우는 환자들과 오랑 시에 고립되어 불안에 떨고 있는 사람들을 만족스러운 눈빛으로 바라본다. 훗날 타루의 수첩에 적힌 기록에 따르면, 코타르는 오랑 시의 상황이 악화될수록 오히려 더 만족스러워하는 기색을 보이는 알 수 없는 인물이다. 과거에 저지른 잘못 때문에 늘 불안함과 외로움에 시달리다가 급기야 자살 시도까지 했던 그는 이제 사람들이 페스트라는 질병으로 말미암아 자신과 똑같은 고통을 겪게 되었다는 사실과 더 이상 혼자만 불행하지 않다는 생각에 안도감을 느꼈던 것이다.

다른 방식으로 페스트에 맞서 싸우는 또 다른 인물 파늘루 신부는, 페스트는 죄인들에게 하늘이 내린 벌이라며 모든 사람이 이번 일을 계기로 회개하고 반성해야 한다는 내용의 설교를 통해 사람들을 감화시키려 한다.

페스트 발병 첫 달은 전염병이 급격히 퍼진 데다 파늘루 신부의 격렬한 설교 탓에 암울했다. 파늘루 신부는 미셸 영감의 증상이 발견되었을 때 그를 도와준 예수회 소속 신부로, 오랑의 지리학회지에 자주 논문을 기고하는 유명한 인물이었다. (…) 신부는 보통 키에 체격은 다부졌다. 그는 교단 가장자리의 나무틀을 커다란 두 손으로 꽉 쥐며 몸을 청중 쪽으로 내밀었다. 금속 안경테 밑으로 불그스레한 두 뺨만 허공에 둥둥 떠 있는 것처럼 보였다. 힘차고 열정적인 목소리는 멀리까지 울려 퍼졌다. 그가 "형제 여러분, 우리에겐 재앙이 닥쳤습니다. 그리고 그것은 자업자득입니다."라고 말했을 때, 그곳에 일어난 동요는 청중을 뚫고 성당 앞 광장까지 퍼졌다. (…) "그렇습니다. 우리에게 지금 페스트가 닥친 것은 반성할 순간이 됐기 때문입니다. 정의로운 사람은 두려워할 필요가 없습니다. 사악한 사람들은 두려움에 떠는 것이 당연합니다. 우주라는 거대한 곳간에서 밀알을 털어내듯, 무자비한 재앙은 인간이라는 밀을 타작할 것입니다. 낟알보다 짚이 더 많을 것이고, 부름을 받는 자는 많되 선택된 자는 그리 많지 않을 것입니다. (…) 그토록 오랫동안 이 도시를 불쌍히 굽어보시던 신이 영원한 희망을 기다리다 지쳐 우리를 외면하고 말았습니다. 우리는 이제 신의 빛을 잃고, 오랫동안 페스트의 암흑 속에 놓이게 된 것입니다."

평소 신앙이 없었던 사람들에게도 존경을 받고 있었던 파늘루 신부의 설교는 사람들에게 새로운 영향을 미친다. 하지만 구체적으로 어떠한 영향을 끼쳤는지는 확실히 알 수 없고, 다만 그의 설교는 사람들이 지금껏 자신의 눈앞에 닥쳐온 알 수 없는 재앙에 대해 막연하게 품고 있었던 생각을 다시 한번 되새겨볼 수 있는 계기가 되어 준다. 다시 말해, 사람들은 지금 자신들이 알게 모르게 저지른 죄에 대해 혹독한 대가를 치르고 있다는 사실을 인식하기 시작했던 것이다.

이 작품에 등장하는 또 다른 인물 타루는 얼마 전부터 오랑 시의 호텔에 투숙하고 있다. 타루는 리외를 찾아가 보건대를 조직하겠다고 말한 뒤 페스트에 걸린 환자들을 돕기 위해 몸을 사리지 않는다. 타루와 리외는 자신들의 목숨이 위험할지도 모르는 상황을 감수하며 굳은 결의로 페스트에 맞선다. 하지만 시간이 흐를수록 사망자 수는 늘어나게 되고, 사람들은 점점 희망을 잃게 된다. 연로한 의사 카르텔은 페스트를 잠재울 혈청을 개발하기 위해 심혈을 기울인다. 하지만 여름이 다가오자, 페스트는 더욱 무서운 기세로 오랑 시를 위협한다. 죽어 가는 자들은 고통으로 신음하고, 남아 있는 자들은 불안과 외로움으로 절망 속에 하루하루를 버틴다.

페스트는 잠시 주춤하는 듯한 기세를 보인다. 하지만 오랑 시의 마지막 남은 희망이었던 보건대 대원들마저도 환자들을 간호하고 사망자들을 처리하느라 몹시 지친 상태다. 이렇듯 절망적인 상황 속에서 단 한 사람, 코타르만은 여전히 알 수 없는 만족감을 드러낸다.

한편, 랑베르는 수소문 끝에 불법적으로 이곳을 탈출할 수 있게 도와줄 사람들을 만나게 되지만, 페스트와 사투를 벌이는 시민들의 고통을 외면할 수 없었던 그는 탈출을 포기하고 보건대에 들어가 병마와 싸우는 사람들을 돕기로 결심한다.

그해 가을, 오통 판사의 아들이 페스트에 감염되어 병마와 사투를 벌인다. 살아날 가능성이 희박했던 그에게 카스텔은 새로 연구한 혈청을 시험해 본다.

몇 달 전부터 무시무시한 공포가 사람을 가리지 않고 휩쓸고 있던 터라 아이들의 죽음을 많이 겪었다. 그러나 그날 아침처럼 고통스러워하는 모습을 시시각각 지켜본 적은 없었다. 물론 죄 없는 아이에게 가해진 고통은 그 자체로는 반인륜처럼 느껴졌지만, 단지 추상적인 차원의 분노였다. 적어도 그전까지 죄 없는 아이가 죽음의 고통을 겪는 모습을 그렇게 오랫동안 지켜본 적이 없었기 때문이다.

아이는 위장을 물어 뜯기라도 한 듯 가냘픈 신음을 내며 다시 몸을 구부렸다. 그렇게 한참을 웅크리고 있다가 자신의 야윈 몸이 페스트의 광풍에 꺾이자 찢어질 듯한 뜨거운 숨을 내쉬며 오한과 경련으로 몸을 바르르 떨었다. 돌풍이 지나자, 몸이 잠시 축 늘어지더니 열이 식었다. 헐떡이는 아이는 독을 품은 모래사장 위에 내던져진 듯했다. 그곳에서의 휴식은 죽음뿐인 듯했다. (…) 파늘루 신부는 기운 없이 벽에 기댄 채 나지막한 목소리로 이렇게 말했다.

"어차피 죽는 거라면, 고통만 더 겪는 거지."

리외는 갑자기 신부를 향해 몸을 돌려 무슨 말을 하려다가 이내 입을 다물었다. 자제하려고 애쓰는 모습이 역력했다. 그는 다시 아이에게 시선을 돌렸다. (⋯) 신부는 무릎을 꿇고 누구의 목소리라고 할 수도 없이 들려오는 신음에 맞춰 약간은 쉰 듯하지만 분명한 어조로 "주여, 이 가엾은 어린양을 구하소서!"라고 기도했다. 아무도 이를 이상하게 여기는 사람은 없었다.

눈앞에서 고통에 몸부림치는 아이를 보면서도 기독교의 원죄와 속죄 의식에 대해서만 설교를 늘어놓고, 이 모든 것은 하늘의 뜻이라며 방관적인 태도를 보이던 파늘루 신부의 모습에 리외는 참았던 분노를 터뜨리고 만다. 그는 신부에게 적어도 어린아이에게는 아무런 죄가 없다고 말한다.

파늘루는 보건대에 들어온 이후, 병원과 페스트가 나타나는 장소를 한시도 떠나지 않았다. 그는 보건대원 사이에서 자신이 마땅히 있어야 할 자리, 다시 말해 최전선에 자리를 잡았다. 죽음의 광경을 끊임없이 봐야 했다. 혈청이 그를 보호하고 있었지만, 그렇다고 목숨이 안전한 것은 아니었다. 그는 평정심을 유지하고 있는 듯 보였다. 그러나 한 아이가 죽어 가는 과정을 오랫동안 본 이후로 완전히 다른 사람이 되었다. (…) 신부의 목소리는 첫 번째 설교보다 신중하며 온화했다. 청중은 그가 무언가 주저하고 있다고 느꼈다. 그는 이제 '여러분'이라고 호명하지 않고 '우리들'이라고 지칭하고 있었다.

페스트가 우리에게 전하고자 하는 바를 처음에는 경황이 없어서 알아듣기 힘들었지만, 지금은 잘 알게 되었기에 훨씬 더 잘 받아들일 수 있다고 재차 강조하며 설교를 시작했다. 같은 장소에서 지난번에 했던 설교는 여전히 진실한 것이며, 설령 그것이 진실하지 않다고 해도 그는 그렇게 믿고 있지만, 모든 사람에게 일어날 수 있는 일에 대해서 그는 일말의 자비심도 없이 설교한 것에 대해 후회하며 자신의 가슴을 쳤다. 그래도 변함없는 진실은, 모든 일에는 배울 점이 있다는 것이다.

그는 신의 뜻에 따라 세상에는 설명 가능한 것과 설명 불가능한 것이 있다고 강조했다. 이때부터 리외는 관심을 가지고 파늘루의 설교에 집중했다. 세상에는 선과 악이 있다. 또 그것들이 어떻게 다른지는 일반적으로 설명할 수 있다. 그러나 악을 구분하기는 쉽지 않다. 가령 필요악이 있고, 불필요한 악이 있다. 지옥에 빠진 '돈 후안'과 어린아이의 죽음이 그러한데, 방탕한 사람이 벼락을 맞는 것은 당연하지만 어린아이가 고통을 받는 것은 이해할 수 없기 때문이다. 어린아이가 겪는 고통과 그 고통이 파생한 공포, 그 공포의 이유보다 이 땅에 더 중요한 것은 없다. 삶의 나머지 부분에서 신은 우리에게 모든 것을 가능하게 하신다. 여기까지 보면 종교는 삶에 아무런 이바지를 하지 못한다. 반대로 어린아이가 겪는 고통의 문제에 다다르면 신은 우리를 막다른 길로 내몬다. 우리는 페스트라는 장벽 아래 있으며, 장벽이 드리운 그림자 속에서 은혜를 찾아야 했다.

"형제자매 여러분, 마침내 때가 되었습니다. 모든 것을 믿거나 모든 것을 부정해야 합니다. 그런데 누가 감히 모든 것을 부정할 수 있겠습니까."

리외는 이제 신부가 이단자가 되어 간다고 생각했다.

새로 개발된 혈청에 일말의 기대를 품고 있었던 사람들은 연약한 어린아이가 극심한 고통 속에서 죽음을 맞이하자 더욱 큰 상실감과 절망에 빠지고, 리외는 몹시 흥분해 파늘루 신부와 언쟁을 벌인다. 아이의 죽음을 목격한 이후 신부의 태도에는 변화가 생기기 시작한다. 하지만 그는 끝내 자신의 신념을 고수하며 외로움 속에서 알 수 없는 병으로 세상을 떠난다.

더 이상 확산되지 않고 정체기에 있었던 페스트는 폐렴과 비슷한 질병으로 변모되고, 그로 말미암아 사망자들은 더욱 늘어나게 된다. 오랜 시간 동안 병마와 외로움에 시달렸던 오랑 시민들의 삶은 점점 궁핍해지고 인심은 점점 각박해진다.

어느 날, 타루는 리외와 함께 길을 가다가 과거에 판사였던 자신의 아버지에 대한 이야기를 꺼낸다. 그는 죄인들을 단죄하며 사형 선고를 내리던 아버지의 모습을 본 이후에 아버지에 대한 반감을 느꼈다며, 자신 역시 암묵적으로 사형에 동의해 왔다고 고백한다. 타루의 지울 수 없는 상처가 되어 버린 이 기억은 그에게 있어 떨쳐 낼 수 없는 또 다른 이름의 페스트였다. 자신의 목숨이 위험할 수도 있는 상황 속에서 타루가 그토록 보건대 일에 앞장서려 했던 이유는 아마도 지난날에 대한 속죄 의식 때문이 아니었을까 싶다. 자신의 고통스러운 기억을 힘겹게 고백한 타루와 그의 이야기에 공감하던 리외는 함께 수영하며 더욱 돈독한 사이가 된다.

시간이 흘러 마침내 새로운 혈청이 개발된다. 크리스마스가 다가올 겨울 무렵, 살아 있는 쥐들이 다시 등장하며 페스트와의 전쟁은 점점 끝이 보이기 시작한다. 절망에 익숙해졌던 사람들은 어느덧 희망의 빛을 품기 시작한다. 다만 그 기쁨에 열외인 한 사람이 있었는데, 바로 코타르였다. 그는 페스트가 종식됨으로써 지난날 자신이 저지른 죄의 대가를 치러야 했기 때문이었다. 코타르는 결국 무차별적으로 총기를 난사하다가 경찰에게 체포된다.

어두컴컴한 항구에서 공식 축하연을 알리는 불꽃들이 솟아올랐다. 사람들은 긴 함성으로 해방을 맞았다. 리외가 한때 사랑했고 이제는 고인이 되거나 죄인이 되어 곁에 없는 사람들. 코타르, 타루, 아내를 사람들은 이미 잊어버렸다. (⋯) 리외는 불꽃을 올려다보며 페스트에 희생당한 사람들의 편에 서서 증언하기 위해, 그들에게 가해진 불의와 폭력을 잊지 않기 위해 침묵하지 않기로 했다. 재앙의 한가운데서 배운 것이 하나 있었다. 인간에게는 경멸할 것보다 감탄할 것이 더 많다는 것이다. 그것을 말하기 위해 지금 여기서 끝맺으려는 글을 쓰기로 한 것이다.

이 연대기가 승리의 기록이 될 수 없다는 것을 안다. 이 기록은 성인이 될 수도, 재앙을 받아들일 수도 없어 치유자가 되려고 노력한 사람들에 대한 증언이다. 개인의 고통에도 불구하고 끝없는 공포에 맞서 완수해야만 했고, 여전히 완수해 가고 있는 그 무언가에 대한 증언이다.

하지만 페스트의 그림자가 걷힐 무렵, 오통 판사와 타루가 페스트에 걸리고 만다. 지금껏 무사히 버텨 왔던 두 사람은 안타까운 죽음을 맞이한다. 비극은 여기서 그치지 않는다. 친구를 잃었던 리외에게 아내의 죽음을 알리는 전보가 도착한 것이다.

페스트의 종식 선언과 더불어 굳게 닫혀 있던 오랑 시의 문이 활짝 열린 2월의 새벽, 사람들은 환호하며 기쁨의 눈물을 흘린다. 이 작품의 에필로그 부분에서 서술자는 자신이 의사 리외였음을 밝힌다. 리외는 사람들의 즐거운 함성을 들으면서도 페스트는 완전히 사라지지 않았다며, 페스트가 순식간에 오랑 시를 엄습했듯 어딘가에서 모습을 감추고 있다가 행복해 보이는 도시에 불쑥 나타날지도 모른다고 생각한다.

3. 마치며

『페스트』(1947)는 발표되자마자 큰 반향을 일으키며 그해 '비평가 상'을 수상하면서 제2차 세계 대전 이후 가장 훌륭한 작품이라는 찬사를 받게 된다. 필자가 『이방인』의 작품 해설에서도 언급했듯이, 카뮈는 제2차 세계 대전 이후, 혼란스럽고 무질서한 사회 속에서 '부조리(不條理)의 철학'이라는 새로운 가치관을 제시한 실존주의 작가이다. 이러한 그의 사상은 인간에 대한 존엄성을 바탕으로 하고 있으며, 『이방인』을 비롯해 『시지프스의 신화』, 『페스트』에서 구체화되고 있다.

『이방인』에서 부조리에 맞서는 개인의 투쟁을 기록했다면, 『페스트』에서는 그 영역을 단체, 공동체로 넓혀 간다. 『이방인』의 뫼르소가 세상에 무심하고 관조적인 인물이라면, 『페스트』의 리외와 타루, 랑베르, 그랑 등은 생존을 위협하는 위기 속에서 '우리'라는 연대 의식을 가지고 부조리한 상황에 적극적으로 대응하고 저항하는 인물들이다. 그러므로 카뮈 자신이 밝혔듯이, 『이방인』이 부정(否定)의 문학이라면, 『페스트』는 긍정(肯定)의 문학에 가깝다고 볼 수 있다. 하지만 『페스트』 속에서 긍정과 희망의 메시지를 찾을 수 있다고는 해도 카뮈의 시선은 지극히 낙관적이지도 비관적이지도 않다. 그는, 페스트가 창궐하는 오랑 시에서는 꼭 필요한 존재이자 어찌 보면 영웅적인 존재라고도 볼 수 있는 보건대의 활동에 대해서도 시종일관 담담하게 기술할 뿐이다. 그는 어려운 상황 속에서 더욱 강해지고 빛을 발하는 사람들의 결속력을 미화하지도 과장하지도 않는다. 그저 묵묵히 자신의 임무를 수행하고 있는 이들의 모습을 그려 내고 있을 뿐이다.

앞서 언급했듯, 페스트는 부조리한 사회에 존재하는 모든 악(惡)을 의미한다. 그것은 인간의 생존과 존엄성을 위협하는 전쟁일 수도, 권력이라는 이름으로 약자에게 휘두르는 정치적 횡포일 수도 있다. 또한 굳이 거창하게 그 영역을 확장하지 않아도 우리가 일상에서 시시각각으로 마주하고 있는 부당한 모든 일일 수도 있다.

이렇듯 한 발 물러선, 보다 객관적인 카뮈의 시선은 작품에 신뢰성을 부여한다. 또한 이 사회에 존재하는 부정하고 부조리한 모든 것들을 아우를 수 있는 페스트라는 소재는 폭넓은 독자층을 형성할 수 있는 보편성을 지니고 있다. 이것이 바로 시공을 거슬러 오늘날 우리가 카뮈의 책을 펼칠 수 있게 만드는 힘인 것이다.

작가 연보

1913년 알제리 몽드비에서 아버지 뤼시앵 카뮈와 어머니 카트린 생테스 사이에서 차남으로 태어남.

1914년 아버지가 마른 전투에서 사망.

1918년 벨쿠르 공립 초등학교에 입학. 이후 교사 루이 제르맹으로부터 각별한 총애를 받음. 이후에 노벨문학상 수상 기념 연설인 '스웨덴 연설'을 그에게 헌정.

1923년 장학생으로 알제리 중학교 입학.

1930년 알제리 대학 입학. 철학반에서 인생에 큰 영향을 준 장 그르니에 교사를 만남. 대학 축구팀의 골키퍼로 활약. 폐결핵에 걸려 치료를 받음.

1931~1932년 이후에 건축가가 될 미켈과 조각가가 될 베니스티 등과 교류.

1932년 「새로운 베를렌」, 「제앙 릭튀스—가난의 시인」, 「세기의 철학」, 「음악에 대한 시론」을 〈쉬드〉에 발표.

1933년 히틀러에 대항한 반파시스트 운동에 참여.

1934년 20살의 시몬 이에와 결혼. 하지만 2년 후에 이혼. 장 그르니에의 권유로 공산당에 입당.

1935년 『안과 겉』을 집필해 철학 학사 학위 취득. 노동극단 창단.

1936년 논문인 「기독교적 형이상학과 신 플라톤 철학: 플로티노스와 성 아우구스티누스」로 고등 학위 과정인 철학 디플롬 취득. 아내의 외도를 알게 됨.

1937년 『안과 겉』출간. 공산당 탈퇴. 프랑신 포르와 처음 만남.

1938년 파스칼 피아가 주도하는 〈알제 레퓌블리캥〉 신문사에 취직. 알제리의 정치적 문제점들을 파헤침.

1940년 시몬과 결별하고 리옹에서 프랑신 포르와 결혼. 파리에서 〈파리 수아르〉의 기자 생활을 함. 알제리로 돌아와 사립 학교 교사가 됨.

1942년 레지스탕스 기관지인 〈콩바〉에 관여. 『이방인』, 『시지 프스의 신화』 출간. 재발한 폐결핵 때문에 상봉 쉬르 리뇽에 서 겨울이 끝날 무렵부터 가을까지 요양.

1943년 『페스트』 손질. 장 폴 사르트르를 만남. 비평계 일각 에서 카뮈를 절망의 철학자로 규정함.

1944년 〈콩바〉의 주필이 됨. 희곡 「오해」 발표.

1945년 희곡 「칼리굴라」 발표. 독일과 오스트리아 여행. 쌍둥 이인 카트린과 장이 태어남.

1947년 갈리마르 출판사에서 『페스트』 출간. 비평가 상을 수 상하고 상업적으로 크게 성공. 수많은 비평가가 카뮈를 덕망 있는 무신론적 성자로 찬양.

1950년 『정의의 사람들』 출간. 『시사평론』 제1권 출간.

1951년『반항하는 인간』출간. 사르트르와 사상적 논쟁을 벌임.

1952년 사르트르와 결별.

1953년『시사평론』제2권 출간.

1957년『유배와 왕국』출간.『이방인』으로 노벨문학상 수상. 프랑스인으로 아홉 번째 수상이며, 최연소 수상.

1958년『스웨덴 연설』출간.

1959년 도스토예프스키의『악령』을 각색하고 직접 연출해서 상연.

1960년 자동차를 타고 파리로 가던 중 교통사고로 사망. 남 프랑스 루르마랭 마을에 묻힘.

생각뿔 | 세계문학 미니북 클라우드 라이브러리

거장의 숨소리를 만나는 특별한 여행

생각뿔 세계문학 미니북 클라우드 라이브러리는 계속 출간됩니다.
*** 근간 목록은 발간 순에 따라 변경될 수 있습니다.

옮긴이 | 안영준

고려대학교를 졸업했다. '언어적 감각'이 뛰어난 IQ 158 멘사 회원이다. 공립 중등국어교사로 8년 동안 근무했으며 대치동에서 논술 전임강사로 활동하기도 했다. 현재는 1인 지식 창업 및 책 쓰기 코칭을 하며 영한 번역을 하고 있다. 옮긴 책으로는 『1984』, 『데미안』, 『위대한 개츠비』, 『노인과 바다』, 『동물농장』, 『오만과 편견』, 『이방인』 등이 있다.

해설 | 엄인정

국민대학교 국어국문학과를 졸업하고 동 대학원에서 국어교육학을 전공했다. 현재 단행본 편집과 영한 번역 업무를 병행하며 프리랜서로 활동 중이다. 옮긴 책으로는 『데미안』, 『톨스토이 단편선』, 『오만과 편견』, 『카프카 단편선』, 『그리스인 조르바』 등이 있다.

페스트 2

1판 1쇄 발행 2018년 10월 10일

지은이 알베르 카뮈
옮긴이 안영준
해설 엄인정
펴낸이 생각부성이
편집 박소현, 안주영
디자인 생각을 머금은 유니콘
마케팅 김사랑

발행처 생각뿔
주소 서울시 서초구 반포동 66-1 코웰빌딩 102호
등록번호 제233-94-00104호
전화 02-536-3295
팩스 02-536-3296
커뮤니티 www.facebook.com/tubook2018(페이스북)
e-mail tubook@naver.com
ISBN 979-11-89503-07-9(04860)
         979-11-964400-8-4(세트)

생각뿔은 '생각(Thinking)'과 '뿔(Unicorn)'의 합성어입니다.
신화 속 유니콘의 신성함과 메마르지 않는 창의성을 추구합니다.